사랑하며 용서하며

사랑하며 용서하며

향봉 스님 수필집

초판 서문

세상 살아가는 거 뭐 별 게 아니올시다

생명은 오로지 하나일 뿐 타이어처럼 스페어가 있을 수 없습니다. 청춘은 인생의 한 과정일 뿐, 청춘 그 자체가 영원할 수도 없는 것입니다. 끓어오르는 피도 세월이 가면 삭아내리기 마련이요, 용기와 집념과 건강도 나이가 들면 두렵고 외로워 흔들리기 마련입니다. 평생을 늙지 않고 젊음 그대로 불로장생(不老長生)을 염원해봐도 세월은 붙잡아둘 수도 타협할 수도 없는 진시황제의 비극만을 되풀이해줄 뿐입니다.

세월이 가고 나이가 들면 남는 것은 지난날의 추억뿐이요 반은 병고(病苦), 반은 눈물뿐인 생명의 찌꺼기에선 점점점 타들어오는 실오라기 같은 생명의 애착만 늘어가기 마련입니다. 앞으로 살면 얼마나 살까 싶어 괜시리 세상이 적막해옴을 뼈끝으로 느끼기 마련이요, 미운 자도 보내고 나면 울컥 서러워지듯 일생을 편집해온 지난날의 발자취에서 오자(誤字)와 탈자(脫字) 줍기에 괜히 마음마저 휑하니 구멍 뚫린 듯 울적해지기 마련입니다.

세상을 살면 글쎄 얼마나 살겠다고 주위의 눈치코치에 얽매어 윤리니 도덕이니 권위니 체면이니를 앞세워 전당 잡히고 도난당하듯 젊음을 깡그리 증발시킨 지난날의 바보스러운 몸짓에 섬찟 놀라, 스스로의 비틀거리는 그림자를 안쓰럽게 일으켜 세우며 청교도적인 삶에 위안과 긍지를 삼으려는 분들도 없지는 않을 줄 압니다.

생명은 오로지 하나일 뿐 두 개일 수 없습니다. 오로지 이 하나뿐인 생명을 위하여 타인들에게 피해를 주지 않는 한 자유를 만끽하며 가슴 펴고 살 일입니다. 젊음은 결코, 우리에게서 영원토록 머물러주질 않습니다. 젊은 시절에 우린 무엇인가를 알아야 하고 이루어야 하며, 주인으로서의 높은 고지를 정복해야 합니다. 앞에서 말한 자유 만끽이란 결코 행동의 무질서나 정신의 무절제를 의미하는 것이 아님을 밝혀둡니다.

무엇이든 하면 된다는 굳은 신념과 지칠 줄 모르는 집념으로 용기백배하여 큰기침하며 살 일입니다. 돈의 무게에 눌리고 권력과 배경에 찌들어 마른오징어 닮은 인생을 기어다니며 살 게 아니라 젊음은 온 우주의 주인이요, 우리들 자신이 곧 일체를 창조할 수 있는 창조주로서의 긍지를 십분 발휘하여 호호탕탕히 살 일입니다.

백범 선생의 말씀처럼 "태산을 움켜쥐니 손바닥에서 호랑이가 울고, 사해(四海)를 들이키니 배꼽 부근에서 고래가 논다"는 시원스런 말씀을 길이 좌우명으로 삼아 웅지(雄志)의 날개와 지느러미를 달아 시원통쾌하게 살 일입니다.

세상은 어떤 의미에서는 연극 무대요, 인생살이 자체가 별 게 아니라는 생각이 짙습니다. 그러나 뭐 별 게 아닌데도 이별은 죽음보다도 더욱 슬프고, 사랑은 생명보다도 더욱 깊게만 보입니다. 그리움은 화두(話頭) 되어 뼈에 박히고 지난날은 사리(舍利)보다도 더욱 빛나게 보일 때가 있습니다. 젊은 시절을 가장 아름답게, 가장 씩씩하게, 가장 진실되게 엮어가며 누군가를 사랑하고 누군가를 용서하며 살 일입니다.

그런 의미에서 책의 제목을 『사랑하며 용서하며』로 정했습니다. 76년에 불교신문사에서 펴낸 『무설전(無說殿)』에 원고지 500매를 첨가하여 펴내는 것임을 끝으로 밝혀둡니다. 정다운 스님과 함께 펴낸 바 있는 『님은 나를 영원케 하셨으니』와 『바람되어 구름되어』에서도 많은 부분을 옮겨왔음도 아울러 정직하게 밝혀둡니다.

여기 나의 졸시(拙詩)를 옮겨놓으며 책머리 글에 갈음합니다.

세상 살아가는 거 뭐 별 게 아니올시다. 인생이라는 거 삶이라는 거 뭐 별 게 아니올시다. 사랑이라는 거 이별이라는 거 뭐 별 게 아니올시다. 잠시잠시 동안 단막으로 단막으로 이어지는 몇 마당짜리 연극배우 되어 잠시잠시 동안 배역과 무대를 바꾸다 보면… 뭐 별 게 아니올시다. 세상 살아가는 거 뭐 별 게 아니올시다. 아! 아! 그런데도 그런데도 뭐 별 게 아닌데도 이별은 죽음보다도 더욱 슬프고 사랑은 생명보다도 더욱 깊어라. 그리움은 화두 되어 뼈에 박히고 지난날은 사리보다도 더욱 빛나라. 흘러가는 것은 흘러가는 대로 흘러가게 하고, 그리운 것은 그리운 대로 그리움만 먹고 살았더니, 애인이여! 나의 사랑하는 애인이여! 산이 텅텅 비인 밤에는 바람만 불어도 울고 싶어라. 바람 부는 날 밤엔 울고 싶어라.

-〈세상 살아가는 거 뭐 별 게 아니올시다〉 전문

1979년 4월

이향봉 합장

복간(復刊)에 붙여

찌그러진 자화상이자 순례자의 수첩

전전생(前前生)에 청년 향봉이 있었다.

옹골팍진 성격이나 눈물이 늘 그림자처럼 따라다녔고, 불칼과 일방통행이 그의 또 다른 이름이었다. 치열한 듯하나 허술했고, 집념이 강한 듯하나 흔들리는 어금니처럼 헐떡임도 달고 살았다. 어찌 보면 그는 바람개비였고 부평초였다. 나그네이면서 순례자였다. 용기와 패기는 있었으나 타협과 배려는 없었던 고집불통 향봉이었다.

『사랑하며 용서하며』는 스물여섯에서 서른 살에 이르는 향봉의 찌그러진 자화상이다. 순례자의 수첩이다. 〈불교신문사〉에서 심부름하며, 천둥벌거숭이로 부딪치며 방황하며 흔들리는 모습으로 살아왔기 때문이다.

이제 머리 허연 한 마리의 짐승이 되어 지난날의 추억 줄기를 되돌아보고 있지만, 가슴 싸한 아픔만큼 눈물방울도 아름답게 느껴진다. 〈불광출판사〉에서 마음을 크게 열어 『사랑하며 용서하며』를 복간해준다니, 미안하고 고마울 뿐이다. 빛으로 충만하시길.

2024년 5월 미륵산 사자암에서

이향봉 합장

차례

1장

어찌 어린 것에게는 선물을 주지 못했던가?

2장

싸가지 있게 한 번쯤은 거나하게 놀고픈데

3장

생각할수록 다행스럽고 고맙고 기쁜 일

4장

무언의 설법

1장

어찌
어린 것에게는
선물을
주지 못했던가?

시루 속 스님

나의 현주소가 산이요 스님이며, 요즘은 매우 어울리잖게 서울의 찌들고 염색된 공기나 마시며 불교신문사에서 기사 쓰는 시늉이나 익히고 있다. 그러므로 이 기회에 불교에 귀의한 젊은 스님들의 교육 세계의 일면을 떠올리고픈 마음이 동작 빠른 화살 만큼이나 앞서고 있다.

나의 어린 시절, 그러니까 국민학교 2, 3학년 때쯤 나의 별명은 '배꼽 큰 아이'였고 조금은 우습지만 잔뜩이나 존칭해서 '배꼽장군'이었다. 어린 시절의 나의 배꼽은 꽤나 주책도 없이 면적이 넓고 볼록 솟아 있어서 항시 남들이 혹시나 나의 비밀(배꼽)을 알아낼까봐 숨겨왔었다.

그런데 하루는 그만 보건시간의 씨름판에서, 그것도 다른 반의 담임인 여선생님 눈에 발각되고 만 것이다. 얼굴이 예쁜 여선생님이 글쎄 하필이면 나의 비밀 단지인 배꼽을 발견하고는 못본 듯이 눈 감아주질 않고, 그 보기에도 민망스러울 만큼 못생긴 배꼽을 급우들 앞에서 공개한 것이다. 그 뒤 '배꼽 큰 아이'라는 별명이 매우 끈질기도록 그림자처럼 나의 뒤를 따라다녔다. 그러나 얼굴 밉고 배꼽 큰 나는, 워낙 힘이 꼬마장수에 가까웠고, 성질 또한 못되게 급하고 거칠어 동료 급우들은 아예 '배꼽 큰 아이' 라고 부르기에는 겁이 덜컥 났었던지 '배꼽장군'이라고 불려졌던 게 지금 생각하면 눈물겹도록 즐거운 추억이 아닐 수 없다.

일소(一笑)하고, 이제 서서히 경상도 양산의 통도사 승가학원 시절로 옮겨가도록 하겠다. 승가학원의 규칙은 군대의 엄격한 군기에 엇비슷한 사촌에 가깝다. 시간 관념이 철저하고 그날 배운 것은 다음날까지 줄줄 외우도록 교육받는다. 그 당시 나의 나이가 고등학교를 갓 졸업한 19세의 젊은 나이였고, 절집에 온지 불과 얼마 되지 않았으므로 남자 식모(공양주) 노릇을 힘겹게 해내며 틈틈이 승가학원의 청강생으로 강의 시간마다 청강하곤 했었다.

그런데 새벽 일찍부터 밤 늦게까지 150여 명이 넘는 스님들의 식사 준비를 위해 군부대의 취사 당번역인 남자 식모 노릇에 시달리다 보면 겹친 피로도 피로려니와 공부할 시간을 도무지 찾아낼 수 없어 다음날 외워 바치기란 그림의 떡이 아닐 수 없었다. 더욱이 밤 9시가 넘으면 사내(寺內)엔 일제히 불을 꺼야 했고, 화재방지 운운의 미명(美名)에 꼼짝없이 눌려 공부하고픈 생각이 간절했으나 벙어리 냉가슴 앓듯이 잠이 오지 않는 잠을 청해야 했다.

그러던 어느 날, 우연히 대중스님들의 목욕탕을 들여다보게 되었는데, 목욕탕 안에는예전에 쓰던 커다란 옹기로 된 떡시루가 향봉이를 기다리고나 있듯 놓여 있었다. 다음날부터 나는 밤 9시가 조금 지나면 슬그머니 초 몇 자루를 준비해 목욕탕으로 잠입해서는 떡시루를 조심스레 들어올려 그 떡시루 속에서 촛불을 밝혀놓고 공부하였다. 떡시루를 공부 장소로 택한 이유는 불빛이 전혀 밖으로 새어나가지 않았기 때문이었다. 말이 쉬워 떡시루 속의 공부지 나는 무더운 여름밤을 떡시루 속에서 촛불과 함께 밤을 지새우며 얼마나 속아픔에 흐느껴왔는지 모른다.

체면도 없이 모기란 놈들이 시루 안에 들어오면 실례를 밥먹듯이 하며 나가실 줄 모른다. 할 수 없이 비상수단으로 웃옷을 벗어 시루 위의 구멍을 덮어놓고 내전(內典) 외에 국내외의 문학 서적을 읽고 시 작법에 몰두하였다. 그런데 하루는 그만 어머니 생각이 어찌나 몸살 나도록 간절했던지 시루 속에서 빠져나와 법당의 부처님께 어머니의 만수무강을 빌며 오래도록 울먹이다가 다시 목욕탕엘 왔더니만 누군가 다녀간 흔적이 남아 있었다.

다음 날 아침, 주지실에 불려들어간 나는 뜻밖의 기쁨이 산덩이처럼 다가옴을 만끽하였다. 주지실 밑의 시자실에서 밤 늦게까지 공부해도 좋다는 뜨거운 말씀이었다. 그 뒤 나의 별명은 '떡시루 속 스님'이 되었다.

용서의 미덕

우리는 일상생활에서 때로는 용서를 받기도 하고 용서를 빌기도 하며, 너그러이 용서를 베풀면서 살아간다. 용서는 인간에게 주어진 하나의 절대적인 특권인 동시에 사랑으로 통하는 지름길이다. 약육강식하는 사나운 동물들은 용서를 모르며, 용서는 사랑이 넘치는 풍부한 마음에서 돋아나기 때문이다.

불신으로 이룩된 오늘날과 같은 세태일수록 우리는 용서의 미덕을 배워야 하고 다듬어야 하며 몸소 실천할 수 있어야 한다. 용서를 베푸는 자는 덕망이 높은 자요, 용서를 모르는 자는 원망이 높은 자이다. 그러나 지나친 용서는 방탕과 타락의 아들을 낳고, 지나친 분노는 원한과 복수의 딸을 낳는다는 것을 잊어서는 안 될 것이다.

몇 년 전 일이 기억에 새롭다. 크리스마스와 연말을 앞두고 책을 몇 권 사서 등기우편과 소포로 몇 군데 부칠 일이 있었다. 그때 절에 있는 아이에게 우체국까지의 심부름을 맡겼다. 몇 번씩이나 주의를 주어 등기우편 확인증을 얻어오도록 당부하며, 심부름의 대가까지 지불했다.

그런데 요놈이 왕복 한 시간이면 충분한 거리인데 두 시간도 훨씬 넘어서야 돌아와서는, 나에게는 한마디의 보고도 없이 제멋대로 놀고 있는 것이다. 등기 우편 확인증을 달라고 했더니 녀석의 말이 걸작이다. 깜빡 잊었다는 게 아닌가. '그렇게 주의력이 없어서야 되겠느냐'며, 마치 학교 훈육 선생님처럼 주먹 알밤을 가볍게 내렸더니만 그만 찔끔거리었다. 때리겠다는 생각은 전혀 없이 그저 주의를 주겠다는 의도에서였는데, 그 녀석이 울음을 몰아오자 '이 정도로는 안 되겠다'는 생각이 들었다.

'뭘 잘했다고 우느냐'며 방으로 불러들여놓고 회초리를 몇 차례 내렸다. 다음부터는 그러지 말라고 타이르니, 다시 우체국에 다녀오겠다고 한다. 그럴 필요까진 없다며 만류하고 나니, 어쩐지 안쓰러운 생각이 들었다. 차 한 잔을 따끈히 끓여주고는 청련암으로 올라갔다.

얼마 후에 다시 옥천사로 내려왔다. 마침 과일이 생겨 그 녀석에게 줄 생각이었다. 잠시 내 방에 들렀는데, 책상 위에 등기우편 확인증 다섯 장이 나란히 놓여 있었다. 한편 놀랍기도 하고 기쁘기도 하여 꼬마의 방에 가봤더니, 벌써 곤하게 잠들어 있었다. 두 번씩이나 우체국을 다녀오느라고 피로하여 잠들어 있는 얼굴에서, 나는 그 무엇의 뭉클하고 짠한 안쓰러움을 느꼈다. 이불을 내려 덮어주고, 머리맡에는 가져온 과일을 나란히 놓았다.

'크리스마스와 연말을 맞이하여 등기로 소식을 전하던 그 깨끗한 마음으로, 어찌 어린 것에게는 선물을 주지 못했던가? 용서의 미학을 배워, 그에게 따뜻한 사랑의 입김을 내리지 못하였던가? 다섯 장 부친 나의 선물을 그 녀석은 크고 아름답고 뜨거운 아름드리 선물로 답장해주지 않았는가?'

이 선물을 가슴에 안고 더욱 더 용서의 미학을 배우고 미덕을 기르자고 다짐하면서, 가만히 방문을 빠져나왔다. (절에서 우체국까지는 3킬로미터가 넘는다.)

산승의 이야기

몇 해 전 일이다. 통도사에서 '종두(鐘頭)'라는 소임을 맡아보던 때이고 보면 오륙 년은 되고도 남음직하다.

그 날도 오늘 밤처럼 달이 밝았다. 낙엽이 한 잎 두 잎 떨어져가는 가을 밤이었다. 삼경이 지난 대가람의 고요는 천 년의 침묵을 말해주듯, 적멸보궁의 사리탑 너머로 비단 같은 달빛을 터뜨리며 이따금 추녀 끝 풍경을 울려줄 뿐이었다.

나는 고탑(古塔)의 길게 늘어선 그림자를 주우려 아무도 몰래 대중방을 빠져나왔다. 만지면 피가 묻을 듯한 단풍잎을 손가락에 감으며, 울컥하며 눈물 솟을 듯한 시정(詩情)을 만끽하였다.

종루의 난간에 걸터앉아 은하의 잔잔한 추억을 더듬으며, 문득 유성이 되어버린 나의 외로운 그림자를 발견하였다.

내 사랑스럽고 귀여운 동생아!

통도사에 있다는 기쁜 소식을 듣고, 이 글을 띄운다.

설마, 아무리 스님이래도 울고 있을 누나를 잊진 않았겠지!

용케도 알아낸 불명(佛名)으로 날아온 옛집 누나의 편지를 다시 뇌아리며, "설마 잊지는 않았겠지"를 무시하려고 밖으로 뛰쳐까지 나오게 되었다. 그러나 지나간 추억들이 새삼스레 머리 안에 가득 펼쳐질 뿐, 거둬들이려는 날개 다친 어린 새의 울음은 처절할 뿐이었다.

귀하의 편지는 읽었습니다.

이름이 같고 해서 읽어 보았으나…

편지 끝에 적힌 주소 대로

편지 보내 드립니다.

'눈 감고 아웅' 하는 식의, 열두 개의 가면 속에 돋아나는 석불을 닮아가는 무표정한 얼굴들이 또 하나의 비극을 잉태하고 있었다.

친우(親友) 스님이 대필하여 절망적인 콧노래를 우표 삼아 누나의 편지를 돌려보낸 것이다.

구겨진 인연 위에 펼쳐지는 한오라기의 거미줄 같은 연륜(年輪)에 쌓인 설움이 자칫 여린 날개에 감겨 영영 헤어나오지 못할 것 같았다. 그래서 잔인하도록 냉혹한 주(註)를 달아, 찾아준 편지를 거절해버린 것이다.

그날 밤 나는 꿈에서 호미 쥐신 어머니를 뵈었고, 누나의 시집가는 요강단지를 보았다. 꽃가마 속의 모나리자를 닮은 여인은 분명, 누나가 아닌 첫 입술을 허락한 순이가 뚜렷했고…. 그러다가 관세음(觀世音)의 미소 어린 옷깃이 하이얀 달빛을 타고 하늘거렸다.

아침에 간병실에서 흐릿한 아픔을 느끼며 정신을 차렸을 때는 이미 내 몸은 붕대투성이가 되어 지난 날의 분신이 죽어가고 있었다.

어젯밤 종루 난간에서 떨어졌다는 것이다.

스님 만나지 말랬잖아

서울의 명보극장 부근이었다. 우리가 6, 7년 만에 다시 만나게 된 것은…. 정말이지 뜻밖의 일이었다. 제주도에서 겨울철을 함께 보내며 팔씨름의 호적수였던 00 스님이었다. 이제는 머리 기른 아저씨가 되어 어린 딸이랑 함께 쇼핑 나온 모양이었다.

“야아! 정말 반갑다. 어이 신문팔이 스님! 이제는 신문사 국장이라니 한참 높은 게지? 하하하.”

예나 다름없는 호탕한 웃음이요 시원스런 그런 몸짓이다. ‘신문팔이 스님’이라는 나의 별명은 제주 시내에서 한 달 가량 역마살 들인 삭신을 이끌고 신문을 팔아왔었기에 붙여진 이름이다. 결국 제주 조천에 있는 양진선원의 신도분들한테 발각되어 끝내 제주도를 떠나오고 말았지만.

“요게 나의 딸이야. 꽤나 예쁜 편이지. 나의 와이프는 양귀비에 클레오파트라를 닮은 그런 미인이야. 그런 미인이 글쎄 하필이면 딸만 낳아줘서 불만이야. 하하하."

연신 호탕하게 너털웃음을 웃더니만 꼬마아이를 다른 의자에 있게 하고 다시 내 곁에 바짝 앉아 나의 손을 꼬옥 쥔다. 명보제과점의 불빛이 그의 얼굴을 난타하고 있었다.

"스님! 산이 좋아, 좋구 말구. 변명 같지만 우리 어머니의 밝은 표정을 보고 싶었던 게야. 그런데 저 녀석(딸이 있는 쪽을 가리키며) 낳던 해에 돌아가셨어. 스님은 알지, 우리 어머니? 49재도 나 혼자서 집에서 지냈던 거야. 부처랑 스님들이랑 모두 만나기가 두려웠던 때문이야. 그날 밤, 49재를 혼자 지내며 내 인생 전체를 어디엔가에 전당 잡히고 절도 당하고 산다는 생각에 얼마나 울었는지 몰라. 산골에서 함께 지냈던 스님들이 몸살 나도록 보고 싶었던 게야. 이제는 생각이 달라. 과일이랑 향초랑 사들고 불공 갈 거야. 스님이 좀 해줄래? 나도 이젠 조그마한 금은방의 주인으로서 착실한 신도가 될 수 있단 말씀이야. 향봉 스님의 신도가 될 수 있단 말씀이야!"

이번엔 내가 웃었다. 뭔가 내 가슴이 답답하여 울고픈 마음으로 크게 웃었다.

제주도 조천면의 양진선원에서 방 한 칸씩을 얻어 함께 머물 때, 그의 홀어머니가 찾아왔었다. 아들에게 비행기표를 꺼내놓으며 내일 출발 시간까지 어머니의 소원을 들어줄 수 있는 아들이 되어달라던, 나한테는 함께 떠날 수 있게 옆에서 도와달라던, 그의 어머니의 인간적인 뜨거운 말씀이 그의 음성 속에서 되

살아났다.

그때이다. 저만치에서 혼자 아이스크림을 먹던 꼬마아이가 가까이 다가와 제 아빠의 귀에 소곤거린 것은.

"아빠! 엄마가 스님 만나지 말랬잖아!"

개 이야기

소양댐 부근에 있는 오봉산 청평사 주지로 머물 때의 이야기이다. 지금은 당연히 청평사 주지가 아니지만 절집에 온 후 처음으로 주지라는 직책을 맡은 게 청평사요, 말뚝주지이긴 하지만 4년 동안 주지직을 맡고 있었으니 주지 역임의 화려한 경력도 나의 지나온 그림자 속엔 엉큼하게 숨겨져 있는 셈이다. 솔직히 말해 당분간은 어떠한 사찰의 주지직이라도 결사코 사양할 만큼 4년 동안의 주지직 수행에 여러 가지 의미에서 몸살을 앓아왔던 게 사실이다.

왜냐하면 관광 매표 사찰인 청평사 주지를 맡고 보니 대한민국의 헌법이 자랑하는 불교재산관리법에 이끌려 관공서 출입하기 바쁜 나날을 보내야 하고 신도분들의 비윗살 맞추기에도 곤욕을 치러야 할 만큼 주지직에 신물이 났었기 때문이다. 그런데 여기쯤서 분명히 밝혀두고 넘어갈 일은 그 당시 나는 청평사 주지직 외에도 조계종 포교원의 포교부장을 맡고 있었는데 80년 가을의 불교계 사태에 관련 자의반 타의반으로 주지직을 물러나게 되었다는 역사적인 사실이다. 왜 역사적인 사실이냐고 거창한 어투에 신경을 곤두세우는 분들이 혹시 계실지 모를 일이나 아무튼 나는 분명히 밝혀두거니와 개인적인 사생활에 흔들림이 있어 결코 주지직을 자의반 타의반으로 내어놓은 게 아니라 이 땅에 다시는 있어서는 아니 될 80년 가을의 불교계 사태에 관련 중앙의 간부직을 맡고 있던 한 사람으로서 책임을 지고 일체 공직에서 물러났었기 때문이다.

이쯤해서 각설해두고, 77년도에 청평사 주지로 있으면서 나는 평소 강아지를 좋아하여 일부 신도들의 완강한 반대에도 아랑곳하지 않고 개를 길렀다. 독일 혈통을 이어온 셰퍼드가 두 마리, 그리고 아르헨티나가 본 고향인 물오리 사냥개 한 마리, 이래서 모두 세 마리의 강아지를 절에서 길렀다.

물오리 사냥개는 이름이 똘똘이었고, 셰퍼드는 암놈이 갑순이 숫놈이 갑돌이였다. 그런데 이 놈의 강아지들이 낮에는 제법이나 잘 놀아주지만 밤이 되면 어찌나 어미개 생각만 하고 낑낑 리는지 시끄럽고도 안쓰러워 잠을 이룰 수 없었다. 하여 자비심을 한껏 발휘하여 세 마리의 강아지를 방 안으로 불러들여 며칠을 동침했더니만, 이젠 아예 밤이 되면 으레 문살을 긁으며 일박하기를 낑낑거리며 애원한다. 그래서 이래저래 강아지들의 사정을 봐주다가 그만 이부자리는 물론 방 안 가득히 강아지 냄새로 현란하게 단청되었음은 물론이다.

똘똘이는 그래도 제법 성명학이 잘 맞아갔음인지 그런 대로 똘똘하여 오줌은 낑낑거려 눈치챌 수 있었다. 그런데 갑돌이와 갑순이 이 두 녀석은 글쎄 방뇨하고 방분하는 것을 예사로 알고 방 안 구석에 질퍽하게 실례를 밥먹듯이 하여 여간 신경이 곤두서는 것이 아니었다. 본시 셰퍼드는 어릴 적엔 똥개 사촌으로 오인받을 만큼 멍청하고 둔하게 털이 부성부성한 데다가, 누룽지나 밥은 아예 사양하고 미련하고 속상하게 고깃국물만 끼니 때마다 요구하니 절집에서 더욱이 그것도 주지라는 사람이 여간 거북하고 죄송한 게 아니었다. 그것도 부처님 뵙기 지극히 두렵고 죄송스러운 일이었으나, 두 눈 딱 감고 서울 갔다오는 부목처사(땔나무 하는 사람)를 시켜 춘천에까지 가서 갑돌이와 갑순이가 끼니 때마다 즐거워하는 진수성찬 마련에 인색할 줄 몰랐다.

그런데 하루는 신도회 간부들이 절에서 개를 기르는 것도 안 될 일인데 더욱이 주지실이 개집이 되어가니 한심스러워 말문이 막힌다는 요지의 말씀을 장황하게 늘어놓는다. 그것도 주지스님이 개들에게 고기 공양을 가끔씩 올린다는 항간의 신도분들의 여론이 이만저만이 아니라는 심각하고 뼈 있는 말씀만을 골라서 들려준다. 하여 나는 지극히 잘못된 일이나, 지극히 잘못이 아닌 평범한 일이라며 몇 가지 약속으로 신도분들의 설득작업에 어렵게 성공하였다.

신도분들의 요구조건 중엔 사람 이름으로 불리는 '갑돌이, 갑순이'도 개 이름에 사용치 말아달라는 내용도 참고로 사족처럼 밝혀둔다.

그래서 첫째로 똘똘이, 갑돌이, 갑순이는 개 이름으로 계속 사용한다. 둘째 절에서 계속 기르되 주지실에서 함께 잠자는 것은 불허한다. 셋째 개에게 고기를 주지 않고 누룽지로써 세 녀석의 식탁을 슬프게 한다는 등의 조약 체결이 이루어졌다.

그런데 나는 뒤에서 신도분들에게는 매우 황공스러운 일이지만 강아지들을 목욕시켜 날씨가 추운 날엔 몰래 한 이불 속에서 잠을 잤었고, 당시에도 요즘처럼 나는 불교신문사에서 심부름을 하고 있었는데 토요일에는 어김없이 고기를 몰래 사서 세 녀석들의 위장들을 기쁘게 해줬다. 그런데 점점 유행가 가사처럼 유수같이 흘러 갑돌이와 갑순이가 셰퍼드의 그 늠름한 위용을 서서히 나타내기 시작했고 똘똘이는 키는 별로 자라지 않았으나 영리하고 귀엽게 놀아주는 여간 좋은 친구가 아닐 수 없었다.

그 동안 돌이와 순이는 수의사 신세도 많이 졌지만 똘똘이보다는 뭔가 다르게 충직해 법당에 들어가 예불 드릴 시간에는 나의 신발에 머리를 대고 앉아 있다가 예불이 끝나면 그렇게 좋아할 수가 없었다. 사문이 병들어 몸져누워 있을 땐 누구나 스님들은 진한 외로움을 뼈로 느끼기 마련이다. 그런데 청평사에서 몸져누워 있을 때 나의 가장 가까운 친구요 위로의 대상이 되었던 것이 법당에 모셔진 부처님만큼이나 똘똘이와 돌이와 순이였음을 어이 숨기랴.

이제 주지를 내놓고 서울의 찌든 공기에 오장육부가 서서히 염색되어 속물인 양 살아가고 있지만 언제 다시 산으로 돌아가는 날엔 참으로 허락 안 될 일이지만 또 다른 갑순이와 갑돌이 그리고 똘똘이를 길러보고 싶은 게 나의 작은 소망이다.

가끔씩 갑순이와 갑돌이 그리고 똘똘이 생각이 날 땐(세 녀석 다 지금은 이 세상에 없지만), 훌쩍 청평사에 다녀오는 나는 그런 속물이니까.

똥자빼 스님

언제부터인지는 몰라도 '누더기 스님'이라는 또 하나의 불명(佛名)이 그림자처럼 나를 따라다닌 지는 꽤 오래 전 일로 기억된다. 통도사 후원에서 남자 식모(공양주) 노릇을 할 때부터 떨어진 옷 입기를 즐겨 10년이 가깝도록 누더기옷만 걸치고 살아왔으니 '누더기 스님 타령'이라도 부를 만큼 누더기 속에서 살아온 셈이다.

겉치레의 '누더기 도사'라는 속 빈 놀림보다는, 마음 씀씀이가 멋진 진정한 의미의 '누더기 스님'이 되어야겠는데, 떨어진 구멍마다 욕심이 가득 담긴 못된 속물이 되어가고 있으니 부끄러운 일이 아닐 수 없다.

해인사에서 '산지기승'이라는 감투 아닌 감투를 쓰고 가야산 계곡을 누빌 때, 우습게도 '똥누더기 스님'이란 불명예스러운 악의 없는 놀림을 어린애들로부터 받았으니 가히 짐작할 만하다. 오죽이나 하는 꼴이 우스우면 '누더기 스님' 앞에 '똥' 자를 던져주겠느냔 말이다.

이 꼬마들이 때와 곳도 가리지 않고 나만 보면 놀리어서 하루는 제발 '똥' 자만 빼어달라고 사정조로 비굴하게 타협하려고 했더니 그만 다음날부터는 나의 말을 그대로 흉내내는 '똥자빼 스님'이 되고 말았다. 다음 다음날 나도 빈틈없는 작전(?)을 세워 '스피아민트 껌'으로 그네들 꼬마들의 입을 막아버렸지만 '누더기 스님'이라는 그림자 같은 별명은 햇볕 없는 밤에도 끈질기게 따라다녔다.

이러히 내가 지나온 발자취 속에는 에피소드를 재탕하는 부끄러운 얘기들로 가득 차 있는데, 하루는 고속버스 속에서 씻기지 않을 어둠의 봉변 아닌 무안을 당한 적이 있다. 대구에서 서울행 그레이하운드 버스에 몸을 담고 있는데 어느 숙녀 한 분이 박카스 두 병과 떡과 과자를 종이에 담아주면서 친절히 가라사대, "스님의 누더기는 몇 근이나 됩니까?" 묻는다.

얼굴이 확 달아오름을 느꼈으나 이내 곧 "박카스 두 병과 떡과 과자요."라고 대답한 적이 있다. 짓궂게도 다시 또 수상쩍은 화살을 던지면 이번엔 고함을 치려고 했으나, 합장만 하고 웃으며 물러가는 꼴을 보니 '열반당 도깨비 보살'과 '똥자빼 스님'의 대결인 듯하여 껄껄 웃어 넘겨버렸다.

또 한번은 이런 일이 있었다. 몇 년 전 겨울, 잠시 제주도에 머물고 있을 때의 일인데, 어느 날 서귀포에서 버스를 기다리고 있었다. 버스를 기다리는 나에게 경찰관 한 명과 제주 아낙네 두

명이 다가와 경찰서행을 강요하는 것이었다. 이유를 묻는 나에게 경찰관 아저씨가 의젓하게 말씀하시길, "당신이 중이요? 이름이 중이지. 가자면 무조건 가는 거요." 한다. 하도나 어이가 없어 "당신이 경찰이야? 이름이 경찰이지. 이유 없이는 절대로 갈 수 없소!"라고 나도 경찰관을 흉내내 으름짱을 놓았다. 그랬더니 약간 고개가 숙여진 경찰관이 타협조로 점잖게 밝히는 사연인즉, 며칠 전에 금품을 갈취해간 사기한(詐欺漢)의 도(盜) 선생 무리로 오인했던 모양이다. 어딘가 허술한 점을 그들에게 보여준 내 자신의 됨됨이가 부끄러워 순순히 경찰서로 동행해주었다.

절도 피해자로서 눈알이 반쯤은 충분히 뒤집힌 제주 아낙네들과 대질 심문하여, 누더기를 걸쳤어도 절대 용의자가 아니라는 것이 판명되었다. "미안합니데이"라는 명예 박탈에 대한 보상의 인사말만 누더기 속에 꼬옥 싸가지고 경찰서를 나왔지만, 지금 생각해도 기분 나쁜 일임에 틀림없겠다.

또 한번은, 대구 시내버스 속에서 이런 일이 있었다. 그날은 무척 저기압이 되어 시내버스를 타고 멍청스레 창밖만 바라보는데, 실례한다는 인사말과 함께 차가 정거하며 손에 뭔가 쥐어지는 느껴졌다. 정신 차려 다시 쳐다보니 손바닥엔 5백 원짜리 지폐 두 장이 나를 비웃듯 포개져 있었다. 돈을 시주(?)한 여신도들은 벌써 차에서 내려 떠나가는 버스를 향해 합장하고 있었다.

순간적인 일이었으나 모든 것을 깨달은 나는 쓴웃음을 몇 모금 삼키며, 나에게로 집중된 버스 속의 시선을 피하지도 않은 채

사문이 된 외로움을 만끽하고 있었다. 누더기옷을 걸친 죄로 받는 수난과 값싼 동정에의 모욕은 가히 걸승(乞僧)으로서는 받기 힘든 특급 대접(?)임에 틀림없겠으나, 떨어진 누더기 조각만큼이나 주체하여 가눌 길 없는 서러움이 가득 배인 짙은 회색빛 고독임이 분명하겠다.

겉으로만 '누더기승'이 될 것이 아니라 안으로도 위장이 없는 '누더기 스님'이 되고픈데, 거짓과 꾸밈으로 일관된 나의 일상사는 사생아의 무덤만큼 소리 내어 통곡하지 못할 지어미의 설움이 철철 고여 넘쳐 흐르고 있음이 사실이다. 해인사 밑 꼬마들이 붙여준 '똥자빼 스님'이 점점 '똥자더한 스님'이 되어가고 있는 느낌도 없지 않아 서글퍼지는 마음 가눌 길 없다.

명주 목도리

긴 여로의 정처 없는 방황길에서 되돌아와, 해인사 선원에서 좌선(坐禪) 흉내를 낸답시고 졸음을 털고 있는 나에게 뜻밖에 우체부 아저씨가 찾아주었다. 일반 우편물이 아닌 자그마한 소포 뭉치였다. 아무튼 나에겐 뜻밖의 일이었고, 발신인의 주소를 확인한 나로서는 놀라운 일이었다.

몇 해 전 일이다. 크리스마스를 전후한 연말연시의 들뜬 기분이 삽살개 꼬리에도 묻어 있을 때의 일이고 보면, 장성 백양사 강원 시절로 기억된다. 하루는 연례행사처럼 되어버린 넝마주이 옷차림의 걸인 스님으로 변모하여, 깡통을 허리에 차고 아무도 몰래 산문 밖으로 빠져나왔다.

스님의 옷을 완전히 벗어버린 넝마주이의 누더기 차림이었기에 누가 보아도 왕거지 아저씨의 사촌 조카쯤으로 착각할 정도였다. 어떤 의미에서는 스님의 옷을 벗어버린 게 시원스러울 만큼 해방된 기분이 들기도 하였으나, 옷 한 벌 사이의 너무나 먼 거리감에 새삼스레 저으기 슬프지기도 하였다.

세상을 무대 삼아 연극배우 노릇을 하고 있는 나에게, 죄송스럽게도 치기배 무리의 골목대장님이 잠시 대합실 밖에서 면회 좀 하잔다. 조금은 귀찮고 조금은 호기심이 있어 따라가 주었더니 에누리 없이 군대식으로 관등 성명을 대란다. 나는 어찌나 우스운지 통쾌하게 너털웃음을 웃어버렸더니, 깡통 안에 남아 있던 식은 밥덩이로 나의 얼굴을 난타하며 남의 영토를 예고 없이 침범한 오랑캐 같은 놈이란다. 결국 그네들 도선생(盜先生)들은 나의 주머니를 말끔히 세탁해갔다. 무리들과 극적으로 타협이 되어 깡통마저 빼앗기고, 까뮈의 '이방인'처럼 쓸쓸히 그러나 후련한 마음으로 광주 시내를 빠져나오고 말았다.

나는 지칠 대로 지쳐 있었다. 하여, 그만 논두렁의 볏짚 무더기를 뚫고 들어가 겨울밤 하늘의 별을 헤아리다가 나도 몰래 잠이 들었다. 실컷 통곡하지 않으면 견디기 어려울 진한 서러움을 어머니의 손길처럼 가슴에 안고 잠이 들어버렸다. 내가 다시 정신을 차린 곳은 어울리잖게 평화스러운 어느 농가 안방이었다. 광주 시내까지 통학하던 학생 아이한테 발견되어 안방에까지 옮겨오게 되었단다.

그 일로 인연하여 수년 가까이 발신인의 주소 없이 불교 서적과 몇 권의 시집도 보내주었고, 금년 여름에 펴낸『승려시집』도 제일 먼저 보내드렸던 것이다. 그런데 이번 해인사에서 보내드린 연하 엽서에 불행히도 해인사 우체국 소인이 찍힌 것을 보고 나의 거처를 짐작하신 모양이다.

본의 아니게 5년 만에 처음으로 답장을 받아보는 나로서는, 더구나 소포 속의 '명주 목도리'를 보고 당황하지 않을 수 없었다. 둘째 딸아이가 전주 시내 성체회 수녀원의 수녀(修女)로 있다는 가톨릭 집안의 할머님이, 손수 숯덩이를 찧어 곱게 물들인 '명주 목도리'를 보내주셨기 때문이다.

행자와 어머니

소양댐 부근에 있는 어느 산사에서 잠시 머물고 있을 때의 일이다. 해거름쯤 해서 60세 가까이 되어 보이는 할머니 한 분이 찾아왔다. 늙고 피로해 보이는 얼굴 전체엔 슬픔이 가득 땀방울처럼 번지고 있는, 한복 차림의 시골 할머니였다.

산사를 찾아온 사연인즉, S대학의 3학년에 재학 중인 막내아들이 어느 날 홀연히 출가의 뜻을 편지로 전하고 어디론가 떠나버린 지 3개월이 넘는다는 가슴 답답한 말씀이었다. 그런데 며칠 전 경상도 상주의 시골집에 편지 한 장이 날아들었는데, 발신인의 주소는 없고 우체국 소인이 강원도 춘천이었다고 한다. 금세라도 울먹일 것 같은 할머니는 땀물이 배이지 않도록 비닐봉지에 고이 간직해온 아들의 구겨진 편지를 내어놓는다.

편지는 자그마치 네 장이나 되었다. 내용인즉, 부처님의 진리 가까이 접근하기 위해 새로운 삶의 여정에 오른 아들을 오히려 자랑스레 생각해달라는 당부였다. 또한 여름 더위에 부모님의 건강을 염려하는 마음도 비친다. 한편으로는 당당하고 한편으로는 인간적인 정에 비틀거리는 초발심자의 절절함이 묻어 있었다.

편지를 눈으로만 읽어내리자 옆에 있던 할머니가 큰소리로 읽어줬으면 좋겠단다. 몇 십 번이고 읽고 읽어 편지의 전문을 외워버렸을 할머니가 또 다시 소리내어 아들의 편지를 읽어달라니 가슴 아픈 일이 아닐 수 없다. 아마도 젊은 스님의 음성에서 아들의 닮은꼴 목소리를 듣고 싶은 마음인지도 모를 일이다.

"어머니! 사랑하는 나의 어머니!"로 시작되는 편지를 읽어내리며 내 자신도 조금은 울먹이고픈 감정에 휩싸이게 된다. 하얀 모시치마와 저고리를 입은 어머니는 애써 땀방울을 씻어내리듯 눈물을 쓸어감추고 있었다.

할머니의 청(請)에 의해 아들의 생년월일을 적어 법당에서 축원드리며, 뭔가 이율배반적인 자신의 가느다란 그림자에서 상처투성이의 지느러미를 발견하였다. S대학 3학년이고 상주가 고향인 박철현이라는 학생[行者]의 성불이 기왕에 더딜 바에야, 조금은 흐느낌을 함께 하는 마음으로 60 노인의 어머니께 또 다른 사연의 편지 한 장을 띄워드릴 수는 없는지 묻고 싶다.

아무튼 젊은 구도자들은 할애출가(割愛出家, 애착을 끊고 출가함)하고 볼 일이다. 행자는 산에서 울고 어머니는 집에서 우는 이 묘한 어쩔 수 없는 인연 앞에서, 왠지 울컥 서러움이 목에까지 차오름은 나 한 사람만의 감정은 아닐 것이다. 행자와 어머니의 점점

점 멀어져가는 잠시의 이별은 점점점 가까워오는 영혼의 만남을 약속함도 잊어서는 안 되겠다.

스님을 아들로 둔 이 세상 모든 어머니들의 만수무강을 비는 마음 산덩이 같다.

시인과 추어탕

요즘 나는 KBS의 매주 월요일마다 방송되는 〈우리의 소망〉이라는 프로를 맡아 방송하고 있다. 〈우리의 소망〉은 북녘땅의 자유를 잃고 살아가는 동포들에게 보내는 방송이라, 방송 원고 쓰는 데 세심한 관심과 따뜻한 정을 담기 위해 노력하고 있다. 그런데 오늘 아침에 방송된 내용이 또 말썽이 되어 신문사에 앉아 여러 통의 항의전화를 받았다. 방송 녹음 도중에 1분이 부족하여, 예수님의 "희망이 없는 자는 죽은 자와 같다"는 말씀을 인용 〈마태복음〉 7장 7절을 끝맺음의 인사로 외워버린 게 말썽의 도화선이 된 것이다.

왜 하필이면 스님이, 더욱이 불교신문사의 편집국장이라는 자가 부처님의 『법구경(法句經)』 구절도 많이 알고 있을 텐데 성경의 〈마태복음〉을 인용했느냐는 항의전화 내용이었다. 나의 생각 같아선 진리는 둘이 아닌[不二眞理] 하나이겠기에 평소 학생들과 대화 나눌 때에도 예수님의 성경 말씀을 많이 인용해 왔었음이 사실이다. 아무튼 항의전화하시는 분들의 생각도 옳을 것 같아 대단히 잘못됐으니 다음부터는 요주의하겠다고 일일이 답해주었다.

또 한번은 이런 일이 있었다. 하루는 TBC에서 전화가 걸려오길 스님이 쓴 〈무설전(無說展)〉이 장안에 화제가 되고 있으니 방송국에 언제쯤 나와줬음 좋겠단다. 동양방송국의 김해근 씨가 향봉이를 추켜올린 걸로 생각되어 쾌히 응할 것을 허락하였다. 그래서 하루는 동양방송국에 가서 담당 아나운서와 대담하게 되었는데, 스님이 쓴 〈시인과 추어탕〉이란 시를 읽었다며 읊어줬음 좋겠단다. 그래 〈시인과 추어탕〉을 외어줬더니만 스님이 웬걸 추어탕을 먹고 막걸리를 마시느냐는 제법 짓궂은 아나운서의 질문이다. 나는 즉각 "나의 입술 면적을 보면 쉬이 짐작할 수 있겠지만 관상학적으로도 막걸리 타입인데 까짓것 추어탕이나 막걸리가 어디 문제겠느냐?"고 응해주었다.

그랬더니만 이 아나운서가 글쎄 복날에 강아지 만난 것만큼 좋았던지, 자꾸 질문의 방향을 다른 곳으로 끌어갈 수작이다. 아무리 산골에서 나물 먹고 자란 몸이지만 아나운서의 말꼬리를 따라다닐 똥파리는 될 수 없었다.

"절에 오기 이전엔 막걸리도 좋아라고 마셨지만 지금의 나의 현주소는 절집이요, 스님이기에 술, 담배, 여자는 금물"이라고 분명히 스님들의 이미지가 구겨지지 않을 만큼 멋(?)지게 회향했다. 그런데 또 이게 전국에 방송되자 '향봉인 아예 스님 직업(?) 사표 내고 번데기 장사에 이동 선술집의 리어카 끌도록 하라'는 제법이나 날카로운 항의전화와 편지가 신문사는 물론, 총무원, 규정원에까지 쇄도하였다. 그래도 향봉이의 행동거지가 스님 낙제생은 겨우 면할 만큼 모범됨도 있었던지 이 문제는 일단락되어 조용해졌음을 밝혀둔다.

참고로 여기에 문제의 발단이 되려다 만 〈시인과 추어탕〉을 적어놓는다. 일독(一讀)을 바라는 마음으로…. 지금 생각하면 껄껄 일소할 일이 아닐 수 없다.

> 시인 되어 처음 얻은 돈 원고료 3천 원으로 추어탕 그릇반을 먹고, 막걸리 두 사발을 먹고, 그리고는 남은 것으로 한하운이 불다 버린 보리피리나 달랬더니 어느 틈에 술 따르던 선머슴애가 보리피리를 꺼내 불며 필릴리리 필릴리리 시인이 따로 있는 게 아니란다. 그러고 보니 내 손발도 문드러져 문둥이 시인이 되어가고, 추어탕집 모든 사람이 보리피리를 꺼내 불고 있다. 신명 들린 무당 할멈처럼 신바람나게 불고 있다. 마시다버린 시인의 빈 술잔 속에서는 지금 한창 막걸리 찌꺼기에도 배가 부른 미꾸라지 형제들이 줄줄이 안쓰럽도록 시인의 한 달치 생활비를 마셔댄다. 이 세상 모든 시인의 손과 발이 문드러져 원고료 3천 원으로 보리피리를 꺼내 불고 있다.
>
> -〈시인과 추어탕〉 전문

스님이란 요렇게 몸짓 한 점과 말씨 하나에도 신경 써야 'O.K.'이다. 세상에 원, 남의 눈치코치 집어치우고 소요 자재로이 타인에 피해를 주지 않는 한, 가장 자유로이 살고파 스님이 되었는데, 승복 입고 있으면 어찌나 이것도 저것도 하지 말라는 울타리에 호루라기 닮은 게 많은지 여간 조심스럽지가 않아 때로는 불만이 없지 않다.

이럴 땐 나는 가끔 "임금님 귀는 당나귀 귀"를 외쳐버리고 싶은 심정으로 넝마주이 옷차림에 구멍 난 패랭이 모자를 쓰고, 지팡이로 허리에 찬 깡통을 두드리며 주유천하(周遊天下)의 양녕대군 흉내를 내는 거다. 〈시인과 추어탕〉도 그러고 보면 나의 것이 되기 때문이다.

아무래도 나는 속물인 게 분명하다. 일소! 일소!

지대방 예찬

국어사전에서 '지대방'을 찾아보면, '절의 큰방 끝에 있는 작은 방, 이부자리나 옷 등의 물건을 두는 곳'으로 되어 있음을 본다. 대중 처소에는 큰방이 있기 마련이고, 큰방 끝에는 으레 지대방이 따르기 마련이며, 지대방엔 지대방을 예찬하는 나 같은 무리의 스님들이 한담(閑談)을 나누기 마련이다.

막연하게 한담이라고는 말했지만 에누리 없이 분석해 보면, 에피소드를 재탕하는 천차만별의 인간사를 엿볼 수 있는 장소임이 분명하다. 스님들만이 알고 있는 은어의 집대성을 이룬 곳이 바로 지대방이요, 게으른 스님이 잠시 와선(臥禪)을 즐기는 곳이 지대방이며, 엄한 계율을 몸으로 지키다가 입으로 파계하는 곳이 바로 지대방이고 보면, 칸트의 철학과 프로이트의 심리학이 무색할 정도로 자기 나름대로의 진리관을 내세우는 곳도 지대방이라 하겠다.

소금 장수가 백년 묵은 여우한테 홀린 이야기로부터 시작되어, 아리스토텔레스의 뒷머리 깎지 않은 데까지 번져나가게 된다. 동서 철학에 구멍이 숭숭 뚫려 있음을 지적하는 대단한(?) 스님이 있는가 하면, 아폴로 우주인이 마치 지대방에라도 온 듯 물질과학이 운운되어 종교와 과학 문제가 대두되기도 한다.

조금 죄송스러운 얘기지만, 위아래로 하품을 연발하는 스님이 있는가 하면, 연애하다가 계집애(?) 뺨 때린 좀 속된 화제에까지 골고루 번져나가기 마련이며, 뮤지컬과 코미디가 흘러나오는 곳도 물론 지대방에서만 볼 수 있는 진풍경의 단막극이다.

불교의 기초적인 교리로부터 서서히 시작된 입씨름은 대·소승의 됨됨이를 일보도 양보 없이 내세우며, '견성과 성불이 둘이냐 아니냐?'를 논하는 엄청난 오매일여(悟昧一如)의 경지에까지 넘나들며, 극락과 지옥 사이를 이론으로나마 왕래하는 신통이 자재한 곳이 바로 이 지대방이다.

지대방이 이처럼 복잡 미묘한 곳이고 보니 탁한 공기가 가득 차 있음은 물론이요, '수라장(修羅場)'이란 별명과 '해태굴(懈怠屈)'이란 이름을 얻음도 당연하다 하겠다. 지대방은 정진 시간 외의 휴식 시간에만 사용하는 것이 일반적인 규범이다. 그러나 나 같은 놈은 슬슬 눈치 보다가 정진 중에도 한숨 늘어지게 잘 수 있는 곳이 지대방이니 만큼, 나는 지대방을 예찬하며 좋아할 수밖에 없다. 지대방에서 주워들은 지식만도 상당하고 보면 휴식의 요람이요, 배움의 전당인 듯하기도 하다.

지대방에도 어엿한 조실스님이 있는 법이다. 지대방에서 시간을 제일로 많이 보낸 자가 당연 챔피언이 되어 영광스런(?) 조실의 감투를 쓰게 되어 있으니, '지대방 천국'의 이미지는 구겨져 있는 게 분명하다.

일상의 내실로 게으른 스님들의 사랑을 몽땅 독차지한 지대방은 오늘도 굵직한 사찰의 큰방 옆에 건재하고 있음은 매우 다행스러운 일이요, 진정 흐뭇한 일이 아닐 수 없다.

소녀스님과 책가방

해인사 가는 직행버스가 면 소재지에 잠시 머문다. 중학교 초년생으로 보이는 여학생들이 쪼르르 분주를 떨며 버스에 오른다. 순간, 나의 눈에는 승복을 입은 어린 스님의 모습이 아린 무게로 다가선다.

조지훈의 시 구절처럼 파르라니 삭발을 하고 꾀죄죄한 승복을 걸친 데다가 책가방이 또한 힘겹게 들려져 있다. 열서너 살쯤 되어보이는 어린 여스님들이 중학교를 다니는 모양이다. 아마 행자이겠지만.

나는 생각한다. 저 어린 구도자들도 머리를 다른 학생들처럼 기르고, 하얗고 예쁜 여학생복으로 바꿔 입고, 그리고는 토끼처럼 청노루처럼 마음껏 뛰어놀고, 공부하게 해주었으면 싶은 마음이 간절하다.

왜 저리도 어린 나이의 소녀스님의 가슴에 회색빛 속박의 굴레(?)를 덮어주고 있는지 괜한 걱정에 가슴이 뭉클해옴을 숨길 수 없었다.

물론 두말할 나위도 없이 보호자 되시는 스님들께서는 더할 수 없는, 관세음과 어머니의 그것이나 다를 바 없는 보살핌과 따스한 정성으로 아이 때부터 길러, 어려운 살림에서도 학교에는 보내고 있겠지만서도….

어린 가슴에 어린 꽃이 피게 하고 큰 나무에는 많은 열매를 맺게 하는 것이 자연의 도리이리라. 막 돋아나는 싹 위에서 과일을 거두고자 하는 농부는 없다. 그런데 더 큰 선지식을 가꾸는 도량에서는 어찌하여 떡잎새부터 열매를 올려놓아 허리를 굽게 하는 것인가!

저마다 인연의 날개를 마음껏 퍼득이며 쌓인 업장을 훌훌 털어버릴 수 있는 넓은 법계가 있어 준다면 얼마나 좋겠는가! 큰 나무는 무수한 가지를 뻗고 무성한 이파리를 살찌게 하여, 사바세계에 그늘을 마련하고 번뇌로 불타는 갈증을 쉬어가게 하련만.

어린 소녀 구도자가 들고 가는 저 무거운 책가방에는 어떤 소망이 담겨져 있을까! 그리하여 몇 십 년이 흐른 뒤, 그네들이 펼치는 책장에는 무엇이 쓰여져 있게 될까!

왕개미와 보리 한 톨

비가 갠 뒤 하늘이 하도나 맑아 조계사 뜰을 거닐어보았다.

불교신문사 게시판 부근쯤에서 쪼그리고 앉아 있다가 새로운 생명의 무한한 힘을 발견하였다. 왕개미 한 마리가 보리 한 톨을 끌고 안간힘을 다하여 끝이 없는 황야(적어도 개미에게는 그러하리라)를 방황하고 있었기 때문이다.

고놈의 왕개미란 놈의 작업을 도와주고 싶은 마음 없지 않았으나, 돕는다는 게 오히려 커다란 방해가 될 것만 같아 한동안 물끄러미 지켜만 보았다.

아마도 누군가 비둘기 모이로 보리알을 뿌린 것이 왕개미란 놈의 차지가 된 듯싶었다. 끈질긴 왕개미의 보리 한 톨에 대한 지칠 줄 모르는 집념이 한 권의 교과서인 양 커다란 교훈을 던져주고 있었다.

보리 한 톨과 왕개미의 끈질긴 생명의 고동이 들릴 듯한 작업 속에서 "나의 사전에는 불가능이란 단어는 없다"는 알프스 산맥을 넘던 나폴레옹의 일인(一言)이 화살처럼 달려왔기 때문이다.

'우리는 지금 무엇을 붙들고 저토록 넓은 사바세계를 방황하고 있는 것인가! 그리하여 얼마나 무거운 무게로 인생 행로를 개척해가고 있는 것인가! 왕개미가 끌고 가는 보리 한 톨의 무게가 인간이 지고 가는 인생의 짐보다 가벼운 것일까, 아니면 무거운 것일까!'

곰곰이 생각해보니 자신이 지고 있는 짐이 하늘의 무게로 짓눌려짐을 느낀다. 그러나 저 왕개미가 지칠 줄 모르고 어디엔가를 향해서 가듯이, 나도 내 인생 행로의 목적지를 향해 결코 쉼 없이 가리라고 다짐하면서 굽혔던 허리를 펴본다. 이 우주가 온통 내 몸에 걸리어 있었다.

어머니의 회초리

묵은 이야기 하나 해야겠다. 어머니에 대한 이야기이다. 누구나 그러하듯, 특히 스님들에 있어서는 어머니에 대한 그리움과 추억이 늘상 새롭고 눈물겹기 마련이다.

내가 군복무할 당시의 일이고 보면 10년 전의 일일 게다. 당시 나는 집을 떠나 입산한 지 8년째 접어드는 해였고, 어머니 곁을 떠나온 지 8년이 다 되도록 엽서 한 장 띄우지 못함은 물론 어머니의 소식마저 접할 수 없는 그런 세월이었다. 그러다보니 어린 나이에 입산한 나로서는 어머니에 대한 그리움이 항시 산덩이처럼 가슴 깊이 응어리져 풀릴 날이 없는 게 당연했다.

그러니까 백양사에서 통도사로 통도사에서 해인사로 구름처럼 바람처럼 떠다니다가 늦게야 지각생 군인이 되어 군 복무를 끝내갈 무렵의 일이었다.

절집에 온 후 오늘에 이르기까지 단 한 번도 승려 생활을 포기할 생각이 추호도 없었던 나로서는 머리 기른 모습에 비록 군복이긴 하지만 양복 입은 모습을 잠시라도 어머니께 보여드리고픈 충동이 날이 갈수록 그 둘레와 깊이는 더해갔다. 하여 나는 제대일을 얼마 앞두고 군인법당에서 3년간 삭발에 승복 입고 법사(계급은 하사였다) 행세를 하던 모습을 변형해갔다. 쉽게 말해서 머리를 기르고 승복이 아닌 군복으로 갈아입고 하사 계급장까지 자랑스레 모자며 양 어깨에 무겁게 달고 8년 만에 '고향 앞으로'를 실천에 옮겼던 것이다.

꿈결에까지 눈물로 범벅이 되고 슬픈 기억으로 얼룩진 고향땅을 다시 밟으며 해거름이 되길 기다렸다. 아는 얼굴들이 아는 체하는 인사치레가 무겁고 번거로웠기 때문이다. 어머니를 뵙고 8년 동안 부처님 품 안에서 실패작이긴 하나 그런 대로 어른으로 성장한 모습을 보여주며 결코 찔끔거리지 말고 웃을 수 있는 여유를 잃지 않기를 몇 번이고 다짐했다.

약한 모습 비틀거리는 아픔을 어머니 앞에서는 최대한 위장할 필요가 있었기 때문이다. 어머니인들 말썽꾸러기이자 골목대장으로 심기를 불편하게 했었던 아들이지만 8년이라는 긴 세월 동안 얼마나 뼈가 녹아나도록 보고 싶었으랴. 그런 어머니 앞에서 성불(成佛)과는 아직은 거리가 멀어 죄인이나 다를 바 없는 아들이 결코 못난 아이처럼 찔끔거리는 여린 모습을 보여줄 수 없었던 거다. 그러나 그건 한갓 다짐이자 생각일 뿐 어머니를 뵙는 순간 너무도 늙으신 어머니 얼굴이며 어머니 그 특유의 냄새하며 와락 껴안고 엉엉 소리내어 한동안을 서럽게 서럽게 울었다. 어머니 앞에서는 나는 스님일 수도 군인일 수도 없는 한갓 중생이자 자식일 뿐이었다.

밤이 깊었다. 자리에 누워 늦게야 얼핏 잠이 들었다 깨어보니 어머니는 희미한 호롱불 밑에서 뭔가 열심히 작업하시는 모습이 눈에 들어왔다. 소리 죽여 유심히 지켜보니 어머니께서는 간간이 '관세음보살'을 외우며 무슨 일인가에 열중이셨다. 나는 깜짝 놀랐다. 우리 집안이, 더욱이 어머니께서는 불교도가 아닌 독실한 기독교인이었기 때문이었다.

"어머니, 주무시지 않고 무얼 하십니까. 하나님 믿으시는 분이 관세음보살까지 부르시면서…." 하고 장난기 있게 여쭤보았다. 잠시 머뭇머뭇하시더니 엷게 웃으시며 "비록 나는 기독교 신자이나 8년 만에 찾아온 자식을 위해 이 순간만은 하나님 대신 관세음보살을 부르고 싶구나."

그리고 "날이 밝기 전에 하룻밤만 어미 곁에서 자고 떠난다는 자식이 또 언제 어느 세월에 다시 내 손으로 지어준 밥을 먹겠느냐." 하시며, 상 위에 밥 지을 쌀을 부어놓고 뉘도 가리고 좁쌀도 가리어 좋은 쌀로 밥을 짓기 위해 간절한 마음으로 관세음보살을 부르고 있다.

나는 한동안 말을 잊었다. 아들의 처절한 참패였기 때문이다. 나는 몇 번이고 몇 번이고 이불 속에서 다짐하였다. '한석봉이가 떡 써는 어머니한테 참패하여 재다짐과 재결심으로 훌륭한 학자가 되었듯, 다시는 결코 쉽게 집을 찾지 않으리라. 넉넉하고 당당한 모습으로 다듬어진 후에나 속물이 아닌 도인의 모습으로 어머니를 찾아뵙고 설법(說法)을 하리라.'

집을 떠나오면서 초파일인데도 심한 추위를 가슴 속 깊이 강하게 느꼈다. 요즘에 와서도 할 수 없이 살고 있긴 하나, 때때로 마음이 흩어질 때 그 당시 어머니 모습이 강한 회초리로 나의 정수리에 박히곤 한다.

2장

싸가지 있게
한 번쯤은
거나하게 놀고픈데

스님도 약을 드십니까

며칠 전의 일이다. 장(腸)이 나빠 약을 먹고 있는데 그걸 지켜보며 H일보 기자분이 입술을 연다.

"스님도 약을 드십니까? 내공(內空)으로 건강쯤은 다스려야 하지 않습니까?"

글쎄다. 어찌 보면 지당하신 말씀 같고, 어찌 보면 구름 잡는 얘기 같다. 물론 우스갯소리로 던진 말이겠으나, 요즘 들어 나의 동료스님들이 병원 신세를 지는 분들이 늘고 있는가 하면 쇳덩이 같게만 여겨지던 나의 건강도 부분적으로 보수공사를 요할 만큼 흔들거리고 있음이 사실이다.

뭐 그렇다고 나의 나이가 건강을 걱정할 만큼 기울어진 것도 아닌 게 분명한데 쑥스럽게도 장이 나빠 우유도 못 먹고 기름기 있는 음식도 일체 사절하지 않을 수 없고 고통 속에 살고 있다.

그런 데다가 공복에 밥이 아닌 빵부스러기 따위가 입 안으로 잠입해 들어가거나 무슨 일에 과민하게 신경을 쓸 경우 어김없이 화장실 출입이 잦게 된다. 점잖치 않은 방향으로 글 써내려가는 게 수상쩍다고 나무랄 분들도 있을지 모르나 스님들의 경우 나이에 비해 지니고 있는 병이 분주할 만큼 잡다한 게 사실이다.

병명(病名)만 들어도 능히 짐작하고 남음이 있겠지만 위장병, 관절염, 신경통, 빈혈, 고혈압, 폐결핵, 당뇨, 치질에 이르기까지 다양한 병명만큼이나 그 고통의 폭도 넓고 깊다. 산사에서의 규칙적인 생활일 경우 겉으로 보기엔 평화로운 질서의 정돈된 건강을 느끼게 될지 모르나 항시 수면 부족에 불규칙적인 식사 메뉴, 운동 부족에 정신적인 스트레스까지 겹치게 되면 신체의 부분부분이 스물스물 무너져내리는 나사 풀리는 소리를 듣게 된다.

거기다가 이왕이면 구색을 맞추기 위함인지 병원이 없는 불교계의 부끄러운 전통에는 변화할 조건이 전혀 없고 정기적인 건강 체크의 여유마저 거개 다 잃고 있는 실정이다. 기껏해야 뜸과 침으로 신병(身病)을 자가 치료하는 경우가 고작이다. 아픔이 심할 경우 단식이라는 슬픈 수단으로 만병을 다스리고 있는 형편이니, 그에 수반되는 후유증의 그림자가 짙고 길 것은 뻔한 이치다.

나의 경우 10년을 한결같이 배앓이병으로 고통을 감내해오다 지난 여름 수원에 있는 용주사 선원에서 어느 스님의 귀띔으로 생옻진을 먹게 됐는데 얼마나 혼이 났는지 한동안 꿈결에까지 그 독한 가려움증이 따라다닐 정도였다. 당시 나는 용주사 선원에서 공양주라는 소임을 자청하여 밥을 짓고 있었다. 삼복더위에 끼니 때마다 부엌에서 불을 지피며 당하는 고통이란 가히 당해보지 않은 자로서는 뼛속까지 가려운 그 가려움을 어찌 상상인들 할 수 있겠는가.

"스님도 약을 먹습니까? 내공이나 정신요법으로 건강쯤은 다스려야 되질 않습니까?"라는 농담을 누가 또 던져올지 모를 일이나, 사문들의 입장에서는 농으로 받아들여 쉽게 웃을 수만은 없는 일이다.

진리의 측면에서 보면 생사불이(生死不二)라 하여 삶과 죽음이 하나일는지 모를 일이나 육체에는 항시 고통이 따르고 정신에는 늘상 빈터가 있기 마련이다. 그 빈 공간에서 일어서는 외로움의 빗줄기와 고통에서 비롯되는 비틀거리는 목마름을 어찌 가볍게 길들일 수 있다고 그 누가 있어 장담할 수 있겠는가.

수행인의 경우 병의 치료를 용심(用心) 작용에 큰 비중을 두어야 마땅하겠으나, 물리치료에 수반되는 경제적인 혜택도 전혀 접어둘 수만은 없는 일이다.

꿩이 운다

산 계곡 어디에선가 꿩이 운다.
아침 햇살이 금싸라기처럼 뒷마루에 여리게 깔리고 있는데 초여름 산사의 적막을 깨고 산꿩이 운다.

십오륙 년 전의 일이다.

양산 통도사의 전문강원에서 내전(內典)을 익힐 때의 일이다. 그 당시 나는 조금은 똘똘했었는지 한 반의 반장 격인 패장을 맡고 있었다. 나의 반 동료 중엔 나보다 나이가 훨씬 앞서가는 분들이 대부분이었는데, 당시 서울의 S대학 의대 4년에 도중하차하고 입산한 자암이란 도반이 있었다.

키가 크고 얼굴도 수려한 바다 건너 마을의 '알랭 들롱'이란 친구를 닮아가는 그런 착한 도반이었다. 그런데 이 한국산 알랭 들롱이 글쎄 밤이면 어쩐 일인지 잠을 이루지 못해 이리저리 뒤척이기 일쑤요, 살며시 방문을 열고 나가면 어느 곳을 다녀오는

지는 모를 일이나 알코올 냄새를 약간씩 풍기며 지대방에서 곯아 떨어지기 다반사였다.

하룻밤엔 내 자신이 마치 형사 콜롬보나 된 것처럼 그의 뒤를 미행하게 되었다. 그런데 절 밑 마을의 구멍가게에서 소주를 사서, 절 입구에 있는 사천왕문 옆의 부처님의 일대기 그림이 모셔진 영산전 법당 안으로 들어가는 게 아닌가. 당시 그 스님이 영산전 법당의 예불과 청소를 도맡아하는 소임을 맡고 있었다.

'햐! 저 친구가 글쎄 이젠 부처님께 소주 공양까지 올리나' 싶어 바짝 긴장하여 법당 문에 구멍을 내고 그 친구의 동작 하나 하나를 체크하고 있었다. 그런데 이 친구가 법당 안에서 처음엔 마치 신들린 듯이 큰절을 헤아릴 수 없을 만큼 많이 올리더니만, 이마에서 땀방울이 뚝뚝 떨어지자 그만 자리에 털썩 주저앉아 무당할멈처럼 부처님을 향해 입을 열기 시작했다.

"부처님요, 부처님요! 당신은 어쩌면 그리도 잔인하신지 순진한 총각처녀 들꼬셔다가 싹둑 머리칼 잘라놓고, 술도 안 되고 담배도 안 되고 고기도 안 되고 여자도 안 되고 어쩌면 그리도 세상의 좋은 것만 골라가며 안 된다고만 하십니까. 때로는 어머님도 뵙고 싶고 가시나들도 보고 싶고 싸가지 있게 한 번쯤은 거나하게 놀고픈데, 당신의 눈치 보느라고 이 젊은 자암이는 주눅 들어 사옵네다."

그는 이어 소주병 마개를 이빨로 따더니만 컵도 없이 안주도 없이 "부처님 이해하시소. 딱 한 잔만 할랍니다."로 시작하여 술

병을 입에 대고 마시다 꺼욱꺼욱 어깨까지 들썩이며 처절한 모습으로 흐느껴 운다.

처음엔 마치 신문기자가 특종 하나 잡은 것처럼 빅뉴스 거리 하나 낚았다 싶어 흥미와 분노하는 마음으로 지켜봤으나 나도 끝내는 자암 스님을 따라 '어머니! 나의 사랑하는 어머니!'를 뼈끝으로 불러보며 흐느끼기 시작했다. 술에 취한 자암 스님은 법당 안에서 울고 맹물도 마시지 않은 나는 법당 밖에서 소리 없이 울었다. 법당 안에서 스님이 술을 마셨다는 소문을 듣게 되면 누구나 분노하는 게 당연하다. 그러나 지켜보며 그의 아픔이 우리들의 아픔으로 확대되어 받아들일 땐 숙연해지기 마련이다.

꿩이 운다.

장끼가 우는 건지 까투리가 우는지는 알 바 아니나 '꿩! 꿩!' 하고 우는 단조로운 울음소리가 적조로운 빛이 되어 온 산천을 휘감고 돈다.

법당에서 벌써 며칠째 기도 중인 지웅 스님의 목탁 소리에, 나의 마음도 환히 일요일처럼 열려오고 있음을 느낄 수 있어 좋다. 오늘은 오랜만에 석불 주위의 잡초를 뽑은 다음, 롯데쇼핑센타의 9층에 들러 메밀국수라도 몇 장 먹어봐야겠다. 산그늘의 옹달샘 물만 마시다보면 때로는 사이다, 콜라 생각도 떠오르기 마련이니까.

사람 고중광

사람 고중광(高重光) 스님! 이 세상에서 가장 외로운 스님이다. 선서화(禪書畵)를 한답시고 땅바닥을 화선지 삼아 주장자를 붓 삼아 그림에 미쳐 있던 스님이요 사내임에 분명한데도, 브래지어를 가슴에 달고 치마 걸친 모습으로 종로와 명동 거리를 누벼 주간지 기자들을 배부르게 한 그런 스님이다.

사문이면서 사문이 아니요 사문이 아니면서 지극히 사문일 수밖에 없는 중광 스님은 가난하고 외로운 선서화의 길을 개척하면서도, 세상의 온갖 비난과 욕설을 술과 안주 삼아 도저무비(到底無非)의 예술세계를 넉넉히 확보한 20세기 최대의 기인이다.

중광을 가리켜 '한국의 피카소'라는 미국 버클리대 랭카스터 교수의 극찬에 대한 중광의 답변을 들어보자.

"피카소는 생각으로 그림을 그리지만 나는 무심필(無心筆)일 뿐이야요. 만일 피카소가 한국에 태어났더라면 오늘날의 피카소가 있었을 리 없잖을까요. 그런 의미에서 나는 피카소보다 몇 십곱배 예술성이 앞서간다고 볼 수 있지요."

이렇듯 오만불손한 행동과 언행 가운데서도 혼돈 속의 질서를 지켜가는가 하면 무질서와 무절제 속에서도 파격적인 미의 개산조(開山祖)로 군림하는 중광의 진면목을 볼 수 있어 든든하다.

"이번에도 수개월 동안 미국을 중심으로 구라파 여러 나라들을 들락날락하며 배운 게 많아요. 세계의 공통어는 오로지 진실과 정직뿐입니다. 마음과 마음으로 통할 수 있고 눈과 눈으로 흐르는 언어는 진실과 정직 그리고 사랑뿐이지요. 예술의 강에 깊이 몰입해가는 과정은 마치 수도자의 수행과정처럼 진실 속의 참사랑에 접근하는 게 되겠지요. 눈물이 호소력을 지닌 하나의 커다란 언어이듯, 이 진실은 진실끼리 통할 수 있는 그런 유년의 동산에서 알몸 인간의 알몸 인생을 살아가는 거죠."

주위에서 어떤 이는 중광을 가리켜 '미친 중'이라 하고 '파계한 타락자'라 하는 자가 있는가 하면 '생짜배기 가짜 화가'라고도 일컫고 있다는 말에 대해, 그 특유의 호탕한웃음으로 답한다.

"다 맞아요. 미친 놈이 보면 내가 미쳐 있게 보일 게고 성성한 눈으로 보면 내가 성성하게 보이겠지요. 누가 나를 보고 뭐라 하든 알 바도 아니요 상관하지도 않아요."

중광은 달빛 속에서 춤을 덩실덩실 추며 그림을 그리는가 하면, 소주잔에 혼을 담구어 혼불로 구워낸 시를 온몸으로 읊으며 살아가는 무애도인이자 타고난 시인이요 화가임이 분명하다.

샌프란시스코 동양박물관 등에서 중광의 작품을 소장하기 시작했다. 독특한 작품세계를 열어 사무사(思無邪)한 경지에서 온몸으로 붓을 삼아, 자칭 '걸레 도인'이 펼치는 진정한 의미의 '걸레 정신'이 부처님의 은혜처럼 온누리에 가득할 날이 멀지 않다. 그는 그림에 미쳐 있는 게 아니라 참사람[眞人]에 미쳐 있으며, 시에 미쳐 있는 게 아니라 참사랑에 눈 뜨고 있음을 알 수 있다.

중광, 그는 고독의 참 의미를 참으로 깊이 깨닫고 있는 지극히 인간적일 수밖에 없는 스님이 아닐 수 없다. 중광과 한 세대를 함께 살아가고 있는 다행스런 인연 앞에 나는 항시 감사드리고 있음을 끝으로 사족처럼 밝혀둔다.

소낙비처럼 싸락눈이 내리던 날

해마다 겨울철이 되면 생각나는 일이 있다. 오봉산 청평사에 머물 때의 일이고 보면 10년 가까운 세월이 지난 일이다. 그날도 오늘처럼 눈이 내렸다.

함박눈이 아닌 싸락눈이 마치 소낙비처럼 내리는 날 오후, 나는 일과처럼 되어버린 구성폭포 부근의 3층 석탑을 만나러 갔다. 마음이 울적하거나 외로움이 스물스물 마음 한 켠에 눈물처럼 자리하면 훌쩍 어디론지 바람처럼 구름처럼 떠나고픈 때가 있다. 그럴 땐 돌탑과 더불어 벗을 삼아 염불이 아닌 유행가 몇 가락을 큰소리로 불러보면 마음이 왠지 개운해진다.

이런저런 생각에 잠기다가 석굴에 이른 나는 석굴 입구에서 크게 놀랐다. 바람이 세차게 불고 진눈깨비가 소낙비처럼 내리는 날, 그것도 절집도 움막도 아닌 석굴 안에서 법당의 부처님처럼 가부좌하고 앉아 있는 스님 한 분을 만나뵈었기 때문이다. 나는 의외의 일에 놀라 바위처럼 미동도 없이 앉아 계신 스님의 손을 덥석 잡았다.

"스님! 웬일이십니까? 날씨가 추운데 왜 절에 오시지 않고 추운 이 곳에 계십니까?"

"……."

"대답 안 하셔도 좋으니 저와 함께 청평사에 가십시다. 추워서 이곳에서 밤을 지새시지는 못합니다. 거절하시면 강제로 스님을 업고 가겠습니다."

나는 겨우 그 스님의 묵시적인 동조로 스님을 모시고 청평사로 내려왔다. 끝내 침묵으로 일관하는 스님이었으나 다행히 그날 오전쯤 해서 석굴에 오신 모양이었고, 용케도 스님을 모실 수 있게 돼 나는 마음이 들뜨기까지 했다.

그 스님은 묵언으로 정진 중인 정봉 스님이었고, 해인사에서 헤어진 후 몇 년 만에 뵙고 보니 너무 마음이 아플 만큼 쇠잔해진 모습이었다.

"스님! 저하고는 말을 합시다. 세상 너무 어렵게 살지 마시고 건강도 살펴야지요."

"……."

"스님! 저는 어머님이 그리울 땐 울어버리고 가슴이 답답할 땐 염불 대신 유행가를 부릅니다. 스님은 고향집의 어머님이 그립지도 않으세요."

"……."

"스님! 주책스런 말이 되겠지만 때로는 여자가 그리워질 때가 있어요. 그럴 때 마음 비우고 다스리는 묘책이 있으시면 저에게만이라도 귀띔해주세요. 뜨거운 피가 도무지 삭질 않아요."

"……."

"그럼 이번엔 수준 있는 질문을 드리겠어요. 어머님의 뱃속에 들기 이전에 스님의 현주소는 어디였습니까. 사람은 누구나 죽는데 죽음 저 쪽의 소식을 일러주십시오."

"……."

"더 고상하고 수준 높은 질문을 드리고픈데 저의 실력이 겨우 이 모양 이 꼴이에요. 어떤 것이 부처에 속지 않는 길이며 어떻게 살아야 마음 넉넉하게 당당하고 여유롭게 사는 것인지, 침묵만으로 일관하지 말고 일러주세요. 저는 솔직히 말해 도인은 싫어요. 너무 무거워요. 앞으로도 평범한 사람이고 싶고, 사람이되 하이드보다는 지킬 쪽에 가까운 사람이고 싶어요."

그때였다 무표정한 스님께서 비로소 엷은 미소를 보여주신 것이. 스님은 지그시 감은 눈을 반쯤 떠 쉼 없이 종알거리는 나를 물끄러미 바라보시더니만 가볍고 짧게 한 번 웃어주는 것이었다. 그리고는 다시 무표정으로 일관하신다.

눈을 지그시 감고 바위처럼 앉아 계신 스님을 바라다보며 왠지 모를 슬픔이 밀물처럼 밀려온다. 침묵을 지키는 정봉 스님도 바보요, 잠시 분주를 떤 나도 바보다. 바보 둘이서 겨울 산사의 방안에 마주앉아 있는 동안 바보 둘의 어머니는 각기 지금 무슨 생각에 잠겨 계실까? 반은 서럽고 반은 안쓰러운 이 긴 겨울날, 싸락눈과 모진 바람이 어머니들의 빈 가슴에 한숨이듯 눈물이듯 쌓이겠지.

그런 만남이 있었던 날 끝내 정봉 스님은 나의 만류에도 아랑곳하질 않고 청평사를 떠나가셨다. 그 뒤 보름쯤 지난 후에 정봉 스님의 침묵은 영원한 침묵으로 확대되어 지리산 천은사 계곡에서 동사(凍死)한 채 발견되었다. 청평사 석굴에서처럼 천은사 뒤편의 계곡에 자리한 동굴 속에서 소림굴의 달마처럼 가부좌한 모습으로 동굴벽에 기대어 이 세상의 고되고 질긴 그림자를 거두어버린 것이다.

뒷날에 밝혀진 일이지만 정봉 스님은 당신만이 알고 있는 난치병을 앓고 있었고, 도저히 회복 불가능한 것임을 스스로 진단, 겨울의 동굴에서 죽는 순간까지 정진하는 자세를 흩트리지 않은 모습으로 서서히 다가서는 죽음을 거부하지 않고 오히려 서둘러 맞아들인 것이다.

그는 바보가 아닌 당당한 해탈자였고, 구도자에게 날개가 달린 한 마리의 파랑새였다. 그는 생명을 서둘러 마감했으나 구도자의 자취는 영원했으며, 그는 살아서는 침묵으로 일관했으나 죽어서는 웅변으로 자유에 이르는 죽음을 보여준 것이다.

그러나 그는 살아서도 외로웠으나 죽어서는 더욱 더 처절하도록 외로워했을는지 모를 일이다. 그는 구도자이기에 앞서 한 사람의 사람이었고 사람이었기에 몸에 그림자처럼 끌고 다닌 침묵 그 자체를 저승길에서는 거추장스러워 집어두고 있을 법도 하기 때문이다.

싸락눈이 온다. 해마다 싸락눈이 오는 날엔 정봉 스님을 떠올리나, 나는 언어의 홍수 속에서 엉킬 대로 엉켜진 영혼의 머리칼을 풀고 있다. 나도 언젠가는 바보가 아닌 해탈자이길 바라면서.

비오는 날 창문을 반쯤 열고

이슬비가 촉촉이 내리고 있다. 어디론지 훌쩍 떠나고 싶다. 긴긴 겨울의 깊은 잠에서 빠져나와 한 점 바람이고 싶고 구름이고 싶다.

겨울 내내 굳게 닫아두었던 창문을 반쯤 열고 심호흡으로 젖은 공기를 들이마신다. 나의 영혼이 나의 육신이 이슬비에 촉촉이 젖어드는 느낌이다.

저리 봄비가 보슬보슬 내리는 날엔 체면도 싫고 권위도 싫고 윤리니 도덕이니를 잠시 벗어두고 고삐 풀린 한 마리의 망아지이고 싶고 파랑새이고 싶다. 망아지가 되어 풀 돋는 대지 위를 횡으로 종으로 달리고 싶고 파랑새가 되어 하늘에 떠서 강을 건너고 바다를 넘어서 끝간 데 없는 미지의 세계에 나래를 잠시 펴고 싶다. 어린 날의 추억을 더듬고 싶다.

어린 날 동네 어귀의 고샅길에서 팽이를 치고 술래잡기를 하고 방패연을 날리고, 그리고는 뒷동산 마당바위에 올라 진달래꽃으로 잔치를 벌이던 소꿉장난의 개구쟁이가 다시 되는 거다.

봄이 오면 울 밑에는 개나리꽃이 만발하고 아지랑이가 허기진 슬픔인 양 온 들녘에 가득하면 아이는 양지 바른 돌담에서 잠이 들었다 꿈결에서 목마를 타고, 그리고 은근히 좋아했던 신작로 권부자집 옥분이와 환하게 웃던 설레임으로 떠다니다가 뻐드렁니가 유난히도 보기 흉한 억만이네 누렁이 짖는 소리에 깨어나곤 했었다.

강 건너
아지랑이
그림처럼 아른거리고

뒷 뜰의
살구꽃이
그림처럼 넉넉한데

개울가
버들피리는
배고픔으로 왜 들리는지
아이는
감나무 밑에서
허기진 봄을 줍습니다.

노랑나비가
싸리울 밖을
개나리 꽃잎으로 떠다니고

뜰 가득
여린 햇살이
졸음처럼 누웠어도

토담집
간긴 하루는
끼니 기다리는 마음처럼 왜 더딘지

아이는
빈 솥인 줄 알면서도
솥뚜껑을 다시 만집니다

나의 어린 시절을 담아본 시, 〈유년의 봄〉 전문이다.

노랑나비가 싸리울 밖을 개나리 꽃잎으로 떠다니고 뜰 가득 여린 햇살이 졸음처럼 누웠어도 토담집 긴긴 하루는 끼니 기다리는 마음처럼 왜 더딘지 아이는 빈 솥인 줄 알면서도 솥뚜껑을 다시 만졌다.

요즘 중·고등학생들이 이 시를 읽게 되면 '전설 따라 삼천리'에서 만난 한 구절로 받아들일 게 틀림없다. 그러나 중·고등학생의 부모님은 누구나 다 춘궁기(春窮期)의 보리고개를 기억한다. 빈솥인 줄 뻔히 알면서도 다시 솥뚜껑을 열어보던 어린 시절엔 뒤뜰의 살구꽃이 그림처럼 넉넉해도 개울가 버들피리는 배고파 우는 아이들의 울음소리로만 힘겹게 확대해왔던 것이다.

비가 오는 날 산창(山窓)에 기대어 지난날을 생각하니 눈 밑 가장자리에 슬픔이 돋아나고 콧등이 찡해온다. 봄비가 내리는 날엔 소년이고 싶고 장난꾸러기이고 싶다. 체면이니 윤리니 도덕이니 권위니 하는 따위의 온갖 무거운 것들을 모두 다 벗어두고 타인들에게 크게 피해를 주지 않는 한 바람이고 싶고 구름이고 싶다.

내가 그 누구의 것이 될 수 없듯이 그 누구도 나의 것이 될 수 없는 것이다. 진한 커피 한 잔을 사이에 두고 산창에 기대어 옷을 벗는다. 거짓과 위선, 명예와 상식의 옷을 벗는다.

오늘 밤, 누군가를 위해 기도드리는 마음, 감사드리는 그런 자세로 내 마음속의 찌꺼기를 토해내야겠다. 마음을 비워 진정한 의미에서의 한 마리 파랑새를 날려보내야겠다.

태양은 늘 떠 있음을 잊지 말자

나는 초저녁 잠이 상당히 많은 편이다. 처음 입산하여 절집 생활을 하며 견디어내기 어려웠던 게 뭐니뭐니해도 졸음을 털어내는 작업이 아니었나 싶다.

그만큼 나는 잠이 많았고 법당 안에서 예불을 올리면서도 반은 졸고 반은 깨어 부처님께 실례를 밥먹듯이 한 것이 문자 그대로 다반사였다.

나는 절집에 온 후 오늘에 이르기까지 밤 9시에 취침하여 새벽 3시에 기상하는 게 몸에 배어 생활화되고 있는데 언제부터인지는 꼭 꼬집어 밝힐 수는 없으나 초저녁 7시면 취침하고 새벽 2시쯤이면 기상하는 기이한 습관이 점점 확고히 자리해가고 있다.

아마도 춘천 소양댐 부근의 청평사에서 머물 때부터가 아닐까 싶기도 한데, 청평사 주지가 나의 첫 주지 소임을 맡은 절이요 주지라는 직책을 맡고 보니 대중 눈치 없이 적당하게 낮잠은 물론 초저녁 잠에도 굳이 9시를 기다릴 필요도 없어 못된 자유를 만끽하면서부터 그런 습성이 생활화되지 않았나 싶기도 하다.

그런데 기이한 것은 초저녁 잠이 많으면 새벽잠도 많을 법한데 새벽 2시쯤이면 어김없이 잠자리에서 일어나게 되어 있고 생리적 현상의 용무를 마친 다음엔 역시 눈이 말똥말똥해서 도저히 다시 잠자리에 들기엔 여러 가지로 억울할 것 같다는 생각에 가벼운 요가 운동을 하거나 신문을 읽거나 낙서를 하며 하루일과를 계획 정돈하는 게 습관화돼 있다.

오늘 새벽만도 그렇다. 찬물 한 그릇을 벌컥벌컥 들이키고는 참선을 한답시고 앉아 있자니 마음이 들뜨고 설레기 시작한다. 새벽마다 곧잘 느끼는 마음의 파동이지만 그 설레고 들뜨는 마음의 동요로 인해 새벽잠이 송두리째 날아가버리는지도 모를 일이다.

방문을 열고 밖으로 나오니 바람이 몹시 분다. 달빛의 희미한 조명 속에서 나뭇잎새들의 스산하면서도 분주한 몸비비는 소리에 마음 속 고요한 기쁨이 배가(倍加)되는 느낌이다. 새벽 산책을 하며 세상이 고요히 잠들어버린 그런 고요를 몸으로 가르며 천지에 가득한 생동하는 기운을 들이마신다. 가슴 깊숙이 들이마신다. 가슴을 펴고 온갖 나의 닫힌 몸을 모조리 활짝 열고 산을 삼키고 하늘을 삼키고 바다를 송두리째 가슴에 안는다.

내 뱃속에 들어온 하늘의 별이며 달이며 나는 서서히 또 다른 하나의 커다란 우주가 된다. 걸리버 여행기의 대인(大人)이 된다. 무한한 능력자가 된다.

새벽마다 2시면 어김없이 일어나 나무 밑에 앉아서 때로는 뜰을 거닐며 아니면 물구나무 서서 계단을 오르며 끊임없이 나는 마음을 다진다. 건강을 다진다.

세상을 살면 글쎄 얼마나 살겠다고 타협이나 굴종으로써 세월을 마냥 보낼 수도 없는 일이요, 근심과 걱정에 싸여 앞뒤를 분간할 수 없는 안개주위보 속에서 방황할 수만도없는 일이다. 누구도 내가 될 수 없듯이 내가 또한 그 누구도 될 수 없듯이, 나의 삶은 나의 지게에 지고 인생은 내가 스스로 씨줄날줄이 되어 동산도 만들고 바다도 만들고 하늘도 만들어 때로는 도요새가 되고 때로는 사슴이 되고 돌고래가 되어 살아 있는 동안의 기쁨을 만끽할 일이다.

세상에는 그 어느 곳에도 어둠이 없다. 낮과 밤을 스스로 분별하여 낮에는 밝음이라 하고 밤에는 어둠이라 하나 태양은 지지 않는다. 항시 떠 있음을 결코 잊지 말 일이다. 어찌 하늘의 태양만이 태양이라고 고집할 수 있겠는가. 마음 속의 또 하나의 태양 수수천 개의 태양을 간직하자. 지혜로운 삶은 먼 곳에서 오는 게 아니라 평범한 곳에서 평범한 것을 깨닫는 것이 그 열쇠를 찾는 지름길임을 두고두고 명심할 일이다.

누워서 보면 배꼽이 머리보다 높다. 이처럼 행복과 불행에 대한 고정관념, 그것부터 쓸어내자. 스스로 소인국(小人國)의 소시민이 되지 말자. 행복이란 순간순간 행복하다고 느끼는 것일 뿐, 진종일 행복에 겨워 5인분이나 10인분의 행복을 정해놓고 누릴 수는 없는 일이다. 불행 또한 그와 같아서 걱정과 근심으로 불행을 풀어나가려고 하면 그 깊이와 넓이만 더해간다.

영혼은 언제나 우월하고 에고는 언제나 열등한 것이므로, 육체의 고통은 일시이나 대자유와 해탈을 누릴 수 있는 영혼에는 항시 지지 않는 수수천 개의 태양이 빛나고 있음을 잊지 말 일이다. 살아 있는 동안 살아서 움직일 수 있는 동안 열심히 살자. 때로는 물구나무 서서 계단을 오르며 세상을 거꾸로 보는 지혜도 익히며 살자.

오늘 밤에는 7시에 잠자리에 들지 않고 〈씨받이〉를 보며 강수연 양을 만날는지도 모를 일이다. 그래도 새벽에는 일어나 산을 삼키고 하늘을 삼키고 바다를 품 안으로 끌어들이며 생동하는 에너지로 충전하는 작업은 계속될 것이다.

목욕탕에 와서

괜시리 울적해지는 날이 있다. 울고만 싶은 날이 있다. 그런 날은 괜한 짜증도 다른 날의 곱절로 일어나기 마련이다. 아무와도 대화 나누고 싶지 않고, 그렇다고 무슨 일이 손에 잡히지도 않는다.

방안에 아무렇게나 누워 그림 엽서 몇 장을 넘겨보지만 아무래도 신통치 않은 일이 일어날 것 같다. 이럴 땐 미리 예방책으로 목욕탕에나 가는 거다. 탈의실에서 옷을 벗고 몸무게를 달아보았더니 67킬로그램에 바늘 끝이 머물고 있다. 몇 년을 두고 달아보아도 67킬로그램을 맴도는 그런 몸무게이다. 탕 속 물에 몸을 깊숙이 담가보았지만 마음 속 냉한 기침은 여전할 뿐, 이태리 타월로 때를 밀다 말고 멍청히 목욕탕 벽에 붙은 거울 속을 들여다보니 하얀 갈비뼈 하나가 외로이 앉아 있는 그런 느낌이다.

목욕탕에 와서

뼈를 씻는다.
아무리 닦아도
씻겨내리지 않는 때,
그런 때쭉물이 살이 되어
나랑 함께 산다.
아무리 따슨 물에 몸을 담가도
마음 속
냉한 기침
헹굴 수 없다.
목욕탕을 빠져나온
갈비뼈 하나가
거울 속에 외로이 앉아
허옇게 운다.

언젠가 써둔 〈목욕탕에 와서〉라는 시를 다시 외워본다. 가슴 속 답답함은 여전하다. 이럴 땐 차라리 요술 할멈을 닮은 텔레비전 속의 원더우먼이라도 나타나 목욕탕을 금세 음악 감상실로 만들어줬으면 좋겠다. 목욕탕 물에 몸을 담근 채로 〈엘리제를 위하여〉라도 조용히 듣고 싶은 심정이다. 아니면, 또한 차라리 알몸에 글러브만 끼고 나보다 몇 곱절 강한 상대자와 주먹치기 놀음이라도 한판 벌였으면 하는 생각도 없지 않다.

나와 같이 탈의실에서 함께 있었던 중년 신사도 목욕탕 안에서 다시 보니 빈곤이 질질 온몸으로 흘러내리는 그런 허약한 체질이다. 목욕탕이 가장 이 세상에서 평등의 천국이라더니 확실한 명언이 아닐 수 없다. 옆에 있는 청년 한 분은 뭐가 그리도 홍에 겨운지 콧노래를 흥얼거리며 탕안엘 들락날락 분주하다.

인생은 연극이요 세상살이 또한 덧없는데, 목욕탕의 발가벗은 사람들이 에덴 동산의 천사 같다. 인생이란 느끼면 비극이요 생각하면 희극이란 말도 있다지만, 에덴 동산에서 금시 추방당한 아담들의 모습이 가련하도록 분주하다. 아무리 따슨 물에 몸을 담가도 마음속 냉한 기침을 씻어낼 수 없는 그런 인간에의 원초적인 아픔을 저네들 아담들은 아는지 모르는지, 날개가 없는 알몸을 털며 에덴 동산 밖으로 분주스레 빠져나간다.

나는 언제이고 울적하고 울고만 싶을 땐 목욕탕에 와서 아담을 만난다.

얼굴이 미운 스님

보기에 좋은 떡이 먹기에도 좋다는 말이 있다. 첫 인상이 좋아야 출세의 지름길도 쉽게 찾을 수 있나보다. 그런데 괴상스러울 만큼 나의 얼굴은 실패작의 대명사로 점철돼 있다. 얼굴이 달덩이 같으면 오죽이나 좋으리오마는 얼굴 생김생김이 수상쩍은 게 한두 가지가 아닌 제멋대로의 형이 내 얼굴임을 어이 숨기랴!

잔뜩이나 얼굴도 미운 게 글쎄 맘씨 또한 고약스럽도록 심술단지뿐이라서 얼굴 펴고 사는 날이 별로 없고, 항시 보면 찡그리듯 우중충히 흐린 날씨로 살고 있어 가소롭기 그지없다. 게다가 더욱이나 못봐줄 것은 항봉이의 얼굴 면적의 반쯤은 충분히 차지하고도 남음직한 입술 두께의 면적이 가관이라면 가관이겠다. 그래도 어찌 보면 얼굴 흐름 꼴이 조금은 재미스런 곳도 없지 않아 껄껄껄 파안대소하다 보면 눈물겨운 감도 전혀 없지 않다.

그러나 까짓것 얼굴이 어디 밥 먹여 주며, 미남이라서 장가 잘 가고 부자로 살 리는 없는 거다. 이방원의 시 구절처럼 이왕 실패작으로 태어난 몸, 이런들 어떠하며 저런들 어떠하랴? 본시부터 실패작으로 타고난 얼굴이고 보면, 관상이 심상(心像)보다 덜하다는 생각으로 크게 스스로 위안 삼아 호호탕탕 대장부답게 어깨 펴고 실 일이다. 집념과 용기로 다져진 사나이 가는 길에 슬기와 노력만이 안정과 성공이 열쇠를 안겨주기 마련이다. 주위의 눈치코치에 엉금엉금 기어다니는, 그따위 촌스럽고 조잡스러운 비틀걸음의 그림자를 남길 필요는 없는 거다.

젊은 날의 나를 위하여, 이 지지리도 못생긴 향봉이를 위해서 타인들에게 피해를 과히 크게 주지 않는 한 대자유인으로 어깨 펴고 살고 싶다. 인생을 대충대충 엮어가며 휘파람 날리며 살 일이다.

나는 얼굴은 지지리 미워도 뭔가 절망적인 콧노래를 죽음의 늪가에 접근시킨 기억은 아직까지 아예 찾아볼 수 없었음을 밝혀 둔다. 하면 된다는 신념, 뛰면서 생각하고, 일을 저질러버린 다음에 수습한다는 생활 철학으로 내 나름대로의 인생 여로를 활개치며 걸어왔다.

왜 이리도 세상 일이 뜻대로 되지 않는지 모르겠노라는 한탄과 함께 운명의 신 가까이 다가서며, 주어진 생명마저도 제물로 바치기 위해 준비운동에 바쁜 얼빠진 동작도 보아왔다. 그러나 나의 생각은 180도 다른 방향의 외진 길을 걸어왔다. 뭐든지 꾸준히 하면 된다는 굽힐 줄 모르는 불타는 신념과 집념으로, 나의 사전에는 불가능이 없다는 확신에의 승전고를 스스로 울려왔던 향봉이었나.

나는 또한 운명론자를 거부한다. 뜻이 있는 곳에 길이 있다는 속담만 믿을 뿐이다. 끈질긴 집념으로 결코 휴식이 없는 정진에의 몸부림을 보여주지 않는다면, 목적지에 도달하기란 요원한 이야깃거리가 아닐 수 없다. 부처님의 말씀 중에 '일체유심조(一切唯心造)'가 만고에 불변할 진리일진대, 얼굴이 밉고 출신 성분이 빈약하고 주위 배경이 없고 어쩌구저쩌구 투로 슬피 우는 곡조로 속울음을 삼킬 필요는 없는 거다. 오로지 집념과 용기와 투쟁만이 있을 뿐, 얼굴 타령이나 육자배기 가락처럼 늘어놓는 걸 용납할 수 없기 때문이다. 포장은 그럴듯해도 알맹이가 시원찮으면 실망만 안겨주기 마련이다.

칼집이 아무리 좋아도, 안에 든 칼이 보검이냐 아니냐에 따라 장수의 승패가 좌우되기 마련이다. 이쯤 되면 나의 자화상에도 수수천 개의 날개가 돋아, 푸른 창공 가득히 날아오를지도 모를 일이다. 큰기침 크게 울리며 창공 드높이 날아오를지도 모를 일이다.

미리 앞당겨 쓰는 유서

죽음을 미리 앞당겨 '유서(遺書)'라는 걸 연습 삼아 써보고 싶은데 수취인이 없는 유서가 될 것 같다. 유서라는 낱말 자체에도 심한 거부 반응을 일으키고 있음이 사실이다. 죽으려거든 까짓것 복잡하게 유서고 뭐고 남길 게 아니라 제주 가는 삼등칸 뱃바닥이나 기어다니다가, 돌덩이 두어 개쯤 중옷 바짓가랑이에 끼고 인당수에 몸 던지는 청이처럼 흔적도 없이 고기밥이나 될 일이지, 미리 앞당겨 쓰는 유서 운운(云云)이 수상쩍은 행동이 되지 않을까 염려스러운 마음 없지 않다.

내가 죽어도 중님이므로 나의 시체를 화장해버리면 무덤도 없을 게고, 자식과 아내도 없을 테니 울어줄 자도 없을 게고, 남들 처녀총각들처럼 적금 들어놓은 게 없을 테니 상여에도 만장 하나 따라나서지 못할 게다. 그러므로 생각할수록 억울해서 유서랍시고 몇 자 남기노니 울어줄 자 그 누구련고?

향봉이가 죽었다는 소식 들리거든 듣는 자리에서 침을 뱉고, 서너 걸음 옮기다가 시원 통쾌하거든 다시 한번 침을 뱉고, 죽은 자는 말이 없으니 그놈의 새끼 실례를 밥먹듯이 하더니 잘도 나 죽었다며 땅바닥에 이향봉이란 이름 석자 써놓고 글씨에 오줌 갈기고, 그리고는 오줌 갈긴 향봉이란 글자에 다시 한번 침을 뱉고….

혹시 어느 속 빈 자가 있어 내가 죽은 후에 죽은 향봉이 기념 운운하며 지지리도 읽히지 않은 글을 모아 책을 내고 어쩌구저쩌구하실지 모를 일이나, 제발이지 그럴 기분 있거들랑 내가 살아 있을 때 새우깡 한 봉지라도 함께 나누면 더욱 고맙겠다.

어느 신도가 있어 향봉이 죽은 뒤에 49재 지내줄 그런 분이 혹시 계실지 모르나, 이것 또한 마찬가지로 49재에 차릴 음식이 있으면 나의 두 눈 이렇게 멀뚱멀뚱 살아 있을 때 칼국수 한 그릇이라도 장만하여 부담 없이 나누었으면 더욱 좋겠고 고맙겠다.

그리고 흔히 사람이 죽으면 새 옷으로 갈아 입히고 관에 넣어 매장하거나 화장하는 걸로 알고 있는데, 제발이지 내가 죽거들랑 입고 죽은 옷 그대로가 더욱 좋겠으며, 부탁하노니 죽기도 억울한데 관에 넣어 더욱 답답하게 죽은 자를 괴롭히지 말 일이다.

나는 사실은 살아서 무척이나 지느러미와 날개를 달아보고 싶었다. 또한 그렇게 행동하는 척 자유인의 흉내를 복사하며 살아왔다. 그러나 진정 날개도 지느러미도 하나 없이 비늘만 달고 수수천 개의 무거운 비늘만 달고 이 세상에서 가장 외롭고 싱겁게 살아왔음을 밝혀둔다. 하늘을 맘껏 날아다닐 수 있는 날개가 그리웠고, 마음껏 헤엄쳐 꿈의 나라로 여행할 수 있는 튼튼한 지느러미가 어머니만큼이나 부처님만큼이나 그리웠음을 밝혀둔다.

겉으로는 항시 위선을 그림자처럼 힘겹게 끌고 다니며, 생활에 만족한 듯 휘파람을 날렸다. 그러나 내부의 육성에는 메아리가 없었고 공허했으며 외로웠고 가난하였다. 목마름은 날이 갈수록 더해갔고, 나이테의 둘레가 넓어질수록 나는 가짜 울음과 가짜 언어, 가짜 행동을 스스럼없이 펼쳐보였다. 그렇게 하면 나의 연극에 주위 사람들은 잠시 존경하는 눈빛으로 바라다보았다. 나는 그러면 그럴수록 온몸이 근질근질 가려웠고 몸살 날 만큼 자유가와 진정한 의미의 대자유인이 그리웠다. 누구의 제약과 이목도 의식치 않고, 눕고 싶으면 눕고 군것질하고 싶으면 군것질하며 때와 장소 가릴 것 없이 자유롭게 행동할 수 있는 또 하나의 나를 항시 그리워했다.

다시 내가 사람으로 태어날 복이 있다면 거부하겠다. 날개 달린 새가 되고 지느러미가 있는 물고기가 되고 싶을 뿐이다.

이제 내가 죽음을 앞당겨 미리 쓰는 유서를 끝맺음하노니, '세상 사람들이여! 자유인으로 살 일이다.' 살면 까짓것 얼마나 살겠다고 가슴앓이병만 벙어리 삼룡이처럼 앓아가며 살겠는가?

극장에 가고 싶으면 극장에도 한번 다녀오고, 덕수궁 돌담길을 걷고 싶으면 덕수궁에도 다녀오라. 세상은 바야흐로 살아 있는 그대들의 것이겠기 때문이다.

청평사에 와서

산새들이 종종종 베베베 노래한다. 아침햇살이 금싸라기 같기도 하고 화살처럼 나의 몸에 박히기도 한다. 춘천 소양댐 부근에 있는 오봉산 청평사에 와서 방 한 칸을 얻어 한가로이 생활한 지도 두 달이 가까워온다. 지금 나의 직책은 분명 청평사 주지이지만 일체 모든 살림을 총무스님인 성일 스님과 법사스님인 도오 스님에게 맡기고, 그저 나는 방 한 칸을 얻어 무엇에도 간섭하거나 간섭받지 않고 내 나름대로의 생활을 즐기고 있다. 처음엔 신도분들의 표정이 주지에 대해 매우 못마땅한 그런 눈치였으나, 이젠 오히려 이해하고 청평사의 이번 주지는 자리나 지키고 있는 '말뚝주지'라고 자기네들끼리 주고받는다 한다.

오히려 그게 내겐 얼마나 다행스럽고 고마운 일인지 모르겠다. 서울의 불교신문사에서 2년 동안 일해왔으나 항시 동료 직원들께 미안한 그림자만 남기어왔을 뿐, 이젠 신문사를 떠나와 이

곳 산골의 청평사에 머물고 있다 보니 더없이 한가롭고 담담한 생활일 뿐, 그저 책이나 읽고 지게를 지고 산에 올라 나무도 하고 노래도 부르고 싶으면 불러본다. 잠이 오면 잠을 자고, 목 마르면 물을 마시는 야인(野人)의 그런 생활을 즐기고 있다.

이곳 청평사에 오려면 누구나 소양댐에서 통통배를 타야 되는데, 첫 배가 평일에는 10시 10분에 있고 보면 청평사의 오전 한나절은 더할 수 없이 적막하다. 산새와 흐르는 물소리 말고는 다른 소음이 전혀 들려올 리 없어 더욱 좋기만 하다. 청평사에서 제일 즐거운 날은 봄볕을 가득히 지게에 지고 산에 가서 썩은 등걸이 나무를 하는 일이다. 하루는 절에서 일하는 처사님더러 점심을 산으로 가져오라고 했더니만 찐 고구마랑 누룽지랑 가져와 등산 온 등산객처럼 산에서 점심을 스님들끼리 나눈 적이 있다.

오늘 같은 경우엔 대중스님들이 춘천에까지 목욕하러 다 나가고, 일하는 부목처사도 산으로 나무하러 가고, 텅 빈 산중을 홀로 지키고 있으려니 더할 수 없이 적조로운 빛이 온몸을 휘감고 돈다. 금싸라기 같은 봄별을 받으며 멀리 있는 친우들한테 엽서 몇 장 보낼 생각도 하여본다.

이곳 청평사에는 까치가 없고 까마귀만 종종 울어주는데, 이상스럽게도 까마귀가 앞뜰의 은행나무에서 울면 손님이 어김없이 찾아준다. 오늘도 저러히 까마귀가 요란스럽게 은행나무에서 울어주는 걸 보면 누군가 또 청평사에 찾아와 분주하게 할 모양이다. 그러나 오늘만은 아무도 오지 않았으면 좋겠다. 그저 나 혼자서 얼었다가 녹아 무너진 도량의 계단이나 쌓고 내의라도 벗어 빨래라도 하며 혼자서 소일하고 싶다.

그저 초연하고 담담하게 너무 서두르거나 미루지 않으며, 중도적인 삶을 몸에 익히기에 게으름이 없어야 되리라고 몇 번이고 다짐해본다. 나는 워낙 급하고 거칠어 '불칼'이라는 별명이 성격의 일면을 대변해주듯, 강성 일변도로 살아온 느낌이 없지 않다. 이제는 나이로 보아도 뜨거운 피가 조금은 삭아질 때도 된 것 같은데, 편집국장을 내놓게 된 이유도 타협을 모르는 나의 모난 성격 탓이었다.

이제 봄볕이 저리도 곱게 뜰 가득히 내리깔리고 하늘은 점점점 높게만 보이는데, 일체를 방하착하고 스님 본래의 모습 대로 살 일이다.

아까 은행나무에서 울어주던 까마귀의 예언이 오늘도 적중할지는 모를 일이니, 점심이나 두어 사람 분을 더 준비해 둬야겠다. 목욕갔다가 춘천에서 돌아올 스님들과 산으로 나무하러 간 부목처사를 위해 고구마도 밥 위에 얹어 준비해 둬야겠다.

약을 달이며

나는 요즘 한약을 달여 먹고 있다. 어디가 꼭이나 아파서라기보다는 피로를 쉬이 느끼는, 전에 없던 증상을 치료하기 위해서이다. 하루에 네 차례씩이나 약을 달여 먹고 있는데, 누가 옆에 있어 약을 제 시간마다 마실 수 있게 해주는 것도 아니고 해서, 내 스스로 석유 곤로에 기름을 부어 약을 지켜 달이고 있다. 근데 이게 여간 어렵고 힘겨운 작업이 아닐 수 없다.

내가 머무는 방이 그리 넓지 않아 석유 곤로를 방에 들여놓으면 석유 냄새와 약냄새 때문에 책을 읽거나 다른 작업을 할 수 없다. 그래서 방 하나를 건너, 겨울이라 아무도 쓰지 않고 비어 있는 대중방에서 약을 달이고 있다. 그러므로 책을 읽다가도 글을 쓰다가도 혹시나 하는 생각에, 약이 끓고 있는 대중방을 몇 차례씩 다녀와야 하는 수고스러움이 매번 약을 달일 때마다 따라나서기 마련이다. 그것도 글을 쓰기 위해 원고지와 싸우는 시간일

수록 조급한 마음은 더욱 심해져, 두어 줄 쓰다 말고 다녀오고, 또 두어 줄 써내리다가 다녀오게 된다. 그러니 책 한 권 읽고 글 한 편 쓰기에, 평상시보다 몇 곱의 수고로움이 배가되어야 함은 물론이다.

어떤 때는 석유 곤로의 심지 조정이 잘못되었거나, 아니면 글 읽고 쓰는 데에만 몰두하다 보면 약물이 넘쳐 불이 꺼져버리곤 했다. 이럴 땐 얼마 동안을 석유 곤로에 붙어앉아 약불에 젖어 있는 석유 심지를 말리기에 온갖 노력을 기울여야 한다. 그러므로 약이 바글바글 끓는 소리가 조금만 크게 들려와도 가슴이 덜컥 내려앉는 것 같아 잽싸게 약단지 있는 곳에 가보게 된다. 그런데 거개가 약단지에는 이상 없음이 허다하여 쓴웃음을 흘릴 때가 종종 있다.

스님이 아파 누워 있게 되면 그 고통과 외로움이란 세상의 무엇과도 비교할 수 없을 만큼 처절하기 그지없는 법이다. 어머니의 따스한 약손이 첫째 없음이요, 아내, 자식의 극진한 염려와 병간호가 있을 수 없기 때문이다. 병든 사문만큼 가련하고 애처로운 일이 없을 것 같다. 그래도 나의 경우엔 타고난 건강도 커다란 복이겠거니와, 내 스스로 몸을 움직여 약이라도 즐거이 달일 수 있는 건강이 허락되고 있으니 약 달이기가 힘에는 겨운 일이지만 얼마나 다행스러운 일인지 모를 일이다.

어머님의 말씀과 나의 희미한 기억에 의하면, 나는 어린 시절 몇 번이고 심하게 앓아 죽을 고비를 몇 차례나 넘겨왔다. 그러나 신기하게도 절에 올 무렵쯤 건강이 점점 단단해지더니만, 절에 온 지 10년이 넘도록 몸살이나 감기쯤으로 몸져 누운 기억이 전혀 없을 만큼 건강 만점으로 지내왔다.

그런데 산골 스님이 어울리지 않게 기사 쓰는 시늉이나 익힌답시고 서울의 불교신문사에서 3년이 가깝도록 찌들고 병든 염색된 공기를 마시다보니, 신체의 어느 한 부분이 스물스물 허물어져가고 있음인지 예전에 느껴보지 못한 피로를 쉬이 느껴왔다. 이제 호반의 도시 춘천 소양댐의 오봉산 청평사에서 지치고 나른한 몸의 나사를 조심스레 조여도 보고, 일으켜도 보며, 약을 달이는 병든 스님이 되어 있다. 어찌 생각하면 조금은 슬프고 조금은 바보스런 몸짓이 아닐 수 없다.

산사에서 약을 달이며, 그것도 인적이 아예 없는 겨울 산사에서 약을 달이며 조금은 엉뚱한 생각도 해본다. 이럴 때일수록 눈깔사탕이라도 사줄 딸년 하나 있었음 오죽 좋으랴 하는 생각도 든다. 어느 어린 소녀가 눈깔사탕이나 먹으며 아무런 생각 없이, 때 묻지 않는 그런 눈빛으로 이럴 때 나의 약 달이는 궁상이나 지켜봐줬음 오죽 좋으랴 하는 생각도 든다.

초록이 산천에 가득히 담길 때쯤 해서 춘천의 막국숫집, 그 서늘한 마루에 걸터앉아 건강을 훌훌 마시듯 막국수 서너 그릇을 거뜬히 청소해주고 싶다. 비틀걸음으로 걷는 요즘 나의 건강이 완전히 복원 땜질되어 다시 건강 만점으로 되는 그날에….

죽음 이야기

내가 살면 앞으로 얼마나 살까 싶다. 생각할수록 서러운 일이 아닐 수 없다.

요즘에 와선 죽음을 앞당겨 인생을 미리 살아버린 듯한, 좋지 못한 버릇이 고질화되어 가고 있는 느낌이 없지 않다. 왜냐하면 독서를 한다거나 글을 쓰기 위하여 나름대로 조용한 시간을 가질 양이면, 언제이고 죽음의 그림자가 몇 걸음 앞서 와서 나의 텅 빈 가슴 가득히 동침할 것을 요구하기 때문이다.

죽음이란 어떤 의미에서는 영혼에의 목마름을 잊게 하는 영원한 단잠의 지름길이 될는지는 모르겠다. 그러나 죽음이란 어떤 의미에서든 결코 안식이나 시작이 될 수 없는 종말임에야 어떡하랴! 정말로 죽음 저쪽 세상에 지옥과 극락이 있으며, 단테가 찾아 헤매던 베아트리체도 죽어서 만날 수 있는 것인지는 아무도 모를 일이다. 그러나 신앙 세계에서는 어느 종교를 막론하고 내세관을 내세우며, 천당과 지옥이 금세 눈앞에 다가올 것처럼 영원히 죽지 않고 사는 영생(永生)의 길을 수수천 갈래로 제시하고 있다. 그러니 어찌 생각하면 조금은 위안이 됨은 물론 흥미로운 일이 아닐 수 없다.

그러나 또한 초인의 철인(哲人) 니체 같은 이는 『짜라투스트라는 이렇게 말하였다』에서 신의 죽음을 내세우며 내세를 부정함은 물론, 알베르 까뮈 같은 이는 신의 월식(月蝕)을 주장하고 있음도 볼 수 있다. 이는 죽음을 앞에 둔 모든 인간들에게 아리송한 의혹만 더해주고 있음도 흥미로운 일이 아닐 수 없다.

아무튼 하루하루 엮어가는 삶, 그 자체가 죽음으로 연결되는 징검다리가 아닐 수 없음은 물론이다. 하루하루 살아간다는 의욕과 집념 뒤에는, 하루하루 죽어가고 있다는 좌절과 절망 섞인 사신(死神)의 입김이 서리어 있음도 분명한 진리임이 뚜렷한 일이겠다. 다른 사람이야 어찌하든 나에게 있어 죽음이란 두려운 게 숨길 수 없는 사실이다. 그 두려운 원인이 우습게도 생(生)에 대한 미련과 애착보다는 죽음 뒤의 저쪽 세상에 대한 풀리지 않는 수수께끼에 있음도 아울러 밝혀두는 바이다.

언제 어느 곳에서 어떠한 표정을 이 세상에 마지막으로 남기고 떠나게 될는지는 도무지 알 수 없다. 아무튼 나는 이 세상에서 나의 이 고된 작업을 접어두고 마지막으로 그림자를 거두어갈 때, 솔찬히 흐느적거리는 몸짓으로 몇 날 밤을 울음으로 장식하고 떠날는지 모를 일이다.

하루는 장난삼아 피로에 지쳐 나른해진 몸을 누이고 가상으로 죽은 듯 있어 보았다. '향봉이가 아마도 심장마비나 뇌일혈로 죽었나보다'며, '아까운 녀석 동작 빠르게 급행 타고 떠났다'며 몇몇 스님들과 친구들이 몰려와서 울어주는 척하니 몇 점 울음이 스물스물 나의 귓가를 스치는 듯 간지럽게 지나간다. 개중엔 '고 녀석 성질 거칠고 되게 못되어 실례를 밥먹듯이 고약한 짓만 골라서 하더니만 일찍 떠나주어 고맙다'는 속웃음도 겉치레 웃음 속엔 없지 않을 터이다. 그러니 생각할수록 일찍 죽는 것은 속상하도록 답답하고 손해 보는 일이 아닐 수 없다.

일소해두고, 어찌하든 오래 살고 볼 일이다. 괴테나 쇼펜하우어 등 한때는 자살 예찬론을 펴던 이들도 자신들은 늙어 죽도록 인생의 고뇌와 기쁨을 만끽하고 떠났다. 이를 상기해가며 마늘 한 쪽이라도 악착스레 입 안에 털어넣고 찬물을 마시더라도 오래 살고 볼 일이다. 찬물 마시고도 그깐놈의 체면 땜에 이빨 쑤시고 살아가는 그런 삶일지라도, 〈서울의 찬가〉를 몇 번이라도 복창해가며 오래 살고 볼 일이다.

내가 살면 앞으로 얼마나 살까 싶지만 살아 있는 동안 내 젊음이 허락하는 한 살아 있다는 생명에의 고마움을 만끽하며 오래 살고 볼 일이다.

노파의 거짓 슬픔

동대구역에서 서울행 밤기차를 기다리고 있었다. 70세 가까이 되어 보이는 할머니 한 분이 내 주위를 몇 번 배회하는가 싶더니만 매우 어렵게 어렵게 말문을 연다.

"스님, 이거 죄송스럽고 미안한 말씀이오나 하나뿐인 아들은 월남에 가서 죽고 어린 손주놈 하나 데리고 힘겹게 살아가는 할망구입네다. 손주놈이 몹쓸 병을 앓고 있으나 병원에 입원은커녕 약 한 봉지 사다줄 형편이 못됩니다. 스님께서 굽어살펴 자비를 베푸시어 저희 가련하고 불쌍한 어린 손주놈의 생명을 살려주시길 빌고 빕니다. 늙은 할미가 보다 못해 거리로 이렇게 뛰쳐나와 구걸하고 있습니다."

나는 순간 콧등이 찡해왔다. 시간만 남아돈다면 그 할머니의 뒤를 따라 앓아누워 신음할 어린아이의 얼굴을 마주하고 싶어졌다. 그러나 기차 시간이 한 시간 남짓뿐이라서 나는 자리에서 일어났다. 할머니와 나에게로 집중된 뭇시선들이 따갑게 느껴졌기 때문이요 할머니를 돕기 위해선 타인들이 지켜보지 않는 데서 나의 성의를 보이고 싶었기 때문이다.

동대구역 입구에 있는 가락국수집으로 할머니를 안내하려 하자 극구 사양하며 오로지손주아이놈의 병 시중이 급하다며 자비와 구원의 손길만을 필요로 한다.

나는 한 생각 크게 일으켜 당시 나에 있어서는 거금일 수 있는 몇 만원을 그 할머니의 손에 쥐어줬다. 할머니의 연신 굽실거리며 놀라는 얼굴 표정에서 오히려 까마득히 잊고 있었던 두고 온 고향집의 어머님 모습이 아련한 무게로 나의 마른 가슴을 찡하니 울리며 눈시울을 적시게 한다.

사문은 본시 빈손으로 청빈한 생활이 으뜸이겠거니와 할애(割愛) 출가한 몸이라서 사사로운 정을 멀리하여 살아야 한다. 그러나 어찌 부모님을 그리워하는 애틋한 정이 사사로운 정일 수 있으며 아파 누워 사경을 헤매며 신음할 때 관세음보살님보다 두고 온 고향집의 형제누이들의 이름을 부른다 하여 누가 감히 꾸짖을 수 있겠는가.

몇 번이고 고개를 굽실거리며 멀어져가는 노인네의 뒷모습을 바라보며 뭐라도 마시고 잔뜩 취하고 싶은 그런 심정으로 가난한 할머니와 앓아누워 있다는 손주아이의 완쾌를 빌고 있었다.

그런 일이 있은 뒤 불국사와 해인사에 다시 다녀올 일이 있어, 역시 그날도 동대구역에서 서울행 밤기차를 기다리고 있었다.

밀짚모자를 깊이 눌러쓰고 구내의 긴 의자에 몸을 풀어놓고 휴식을 취하고 있는데 누군가 "스님!" 하며 다가선다.

"스님, 이거 죄송스럽고 미안한 말씀이오나 하나뿐인 아들은 월남에 가서 죽고 손주놈이 하나 있는데 아파 누워…."

순간 나는 고개를 들고 예전에 만났던 그 할머니를 빤히 바라다봤다. 그 할머니도 흠칫 놀라 하던 말을 중단하고 급히 돌아서는데 역내의 경비원이 그 할머니의 뒤를 따르며 고래고래 호통치는 소리가 나의 가슴에 더욱 아프게 화살처럼 박혀온다.

"저놈의 할망구는 나타나지 말래도 꼭 밤이면 나타나, 여행중인 스님들만 골라 괴롭히고 있어. 아주 상습적인 할망구야."

3장

생각할수록 다행스럽고 고맙고 기쁜 일

지네 소동

'지네'란 놈의 급습을 받았다. 지네의 처지에서는 급습이 아닌 정당방위였는지는 모를 일이나 아무튼 당한 나의 입장에서는 지네란 놈의 급습이요 공격이었다. 물린 곳이 발가락이었는데, 금세 발등까지 통통 부어오르는가 싶더니만 아픔의 통증이 허벅지에서 온몸으로 펴져간다.

'아이구, 이거 되게 물렸다' 싶어 발가락을 힘겹게 입에 물고 물린 곳의 독물을 빨아보았으나 입맛만 씁쓸하게 불쾌할 뿐이다. 쏙쏙 쑤시는 진통이 바늘 끝으로 뼈 속을 후비는 느낌이 없지 않다. 옆에서 스님 한 분이 '엄살 좀 작작하고 지네란 놈의 향방을 찾으라'고 냅다 야단이지만 찾을 길이 묘연하다. 결국 두 스님의 30여 분이 넘는 수색 작전에 의해 지네를 찾아 서둘러 내보냈지만, 통증은 날이 환히 밝도록 온몸 가득히 늪물처럼 고여온다.

아무리 속으로는 일체유심조(一切唯心造)를 뇌아리며, '모든 것은 마음속에서 비롯될 뿐 이까짓 통증쯤이야' 하고 태연한 척하려 해도 소용없다. 지네의 독물이 허벅지에서 어깨 밑에까지 기어다니며 요란스레 아픔을 흔들어대고 있어, 속된 말로 표현하자면 '미치고 팔짝 뛸 일'이었다.

그래도 그까짓 하고 아픔을 애써 참아 견디고 있는데, 스님 한 분이 상처를 살펴보더니만 지네한테 물려 죽은 사람도 있다고 잔뜩 겁을 준다. 게다가 매우 진지하고 다급한 목소리로 '설마가 사람 잡는 것이니 어서 병원에 가보라'며 또 다시 겁을 준다. 만일 죽지 않으면 발가락을 잘라내든지 아니면 심할 경우엔 발목까지 절단해야 된다는 기막힌 소리까지 들려주길 서슴치 않는다.

혹시나 하는 생각에서 병원에라도 가보기 위해 가벼운 차림으로 나서려는데, 통합병원에 근무하는 간호장교 둘이서 절에 찾아왔다. 상처를 요리조리 살피더니만 병원까지 찾아갈 정도는 아니라며 응급 치료법을 몇 가지 알려준다. 그래도 혹시나 해서 '지네에 물려 죽은 사람도 있느냐'고 물어봤더니만, '피식' 하고 웃기만 하는 걸 보니 마음의 긴장이 한결 부드러워지는 느낌이다.

지네 소동 이후, 나는 일체유심조가 얼마나 몸으로 옮기기에 어려운 일인가를 통감하지 않을 수 없었다. 짓궂은 스님의 겁주는 소리에 잔뜩 겁을 먹었다가, 간호장교의 몇 마디에 다시 안정을 되찾는….

여러 가지 의미에서 나는 속물에 가까운 가짜배기 스님이요,

타인들에게는 입으로만 일체유심조를 약장사처럼 뇌아릴 뿐 실천에 있어서는 항시 낙제 인생임을 시인하지 않을 수 없는 일이었다.

부처님과 복숭아

어느 산사에 들러 잠시 땀방울을 털어내고 있을 때의 일이다. 서울에서 신도 몇 분이 불공을 왔는데, 대학교수 부인에 여류 작가 000씨도 끼어 있었다. 그들 신도분들은 불전에 올리기 위해 마련해온 과일을 푸짐히 풀어놓는데, 복숭아만 눈에 띄지 않아 신통하였다. 왜냐하면 내 자신이 과일 중에 복숭아를 제일 즐겨 먹음이요, 일반 신도분들 중엔 복숭아를 불전에 올리는 것을 커다란 잘못으로 받아들이고 있는 분들이 많았기 때문이다.

왜 하필이면 복숭아만 불참하게 됐느냐고 했더니, 복숭아는 부처님전에 올리지 않는 걸로 알고 있다는 이구동성의 대답이시다. 하도나 어이가 없었으나 이왕 내친김에, 누가 복숭아와 부처님과는 인연이 없는 걸로 이야기하더냐고 물어보았다. 서로가 서로의 눈치를 살피며 궁색하게 대답하길, 무당 할멈이나 점쟁이 운운으로 웃어넘긴다.

쉽게 풀어쓰자면 무당이나 점쟁이 선생님들이 귀신을 쫓는 답시고 어설프게 복숭아 가지를 들고, '나무아미타불'에 '관세음보살'을 앵콜송으로 연거푸 거듭 부르고 있겠기 때문인 것 같다. 다시 말하자면 부처님을 귀신이나 도깨비 무리의 사촌쯤으로 착각하고 있음인지, 복숭아를 불전에 올리면 부처님께서 혹시 감기나 몸살이라도 앓지 않나 염려하고 있을는지 모르겠기 때문이다.

그러나 이 기회에 분명히 밝혀두자. 복숭아를 불전에 올려도 아무런 상관됨이 없음이다. 제발이지 선각자인 부처님을 무지로써 비하시키는 그런 착각과 오류를 범해서는 안 되겠다는 것을 부언 삼아 밝혀둔다.

음력 초하루와 보름이 아닌 날에 불공드리면 영험이나 소원성취와는 거리가 먼 걸로 마음 편히 접어두는 불자들께도, 이 기회에 불교 신앙의 바른 길에 대해 목에 힘을 주어 역설하고픈 마음 산덩이 같다.

초하루나 보름 따위의 날짜 계산에 밝은 게 부처님이 아님을 분명히 해두자. 오로지 신심이요, 지극한 정성이 제일일 뿐, 절에 갈 때 향초나 불전금이 없어 망설이는 생각일랑 이젠 방하착(放下着)함이 어떨지…. 문제는 신도분들께만 있는 게 아닌 스님들 개개인의 반성도 물론 선행되어야겠다.

사랑하며 용서하며

이 세상에서 가장 아름답고 고귀한 게 있다면 생명이겠고, 생명이 있는 한 사랑이 으뜸이 되리라 생각해본다. 어떤 의미의 사랑이든, 사랑이 결여된 생명이란 마치 허수아비의 삶이나 다를 바 없겠기 때문이다.

종교인, 특히 성직자들의 사랑이란 세속적인 일상의 정의와 개념을 훨씬 벗어난 깨끗한 신앙으로써, 그 자체가 고귀한 생명력을 지닌 승화된 사랑이다. 그러나 세속인, 더욱이 젊은이들이 생각하는 사랑의 정의와 가치 기준은 별의별 무게를 다 지녀 균등을 유지하기란 기대할 수도 없는 일일 게다.

그런데 이번 들리는 소식에 의하면, 현재 안양교도소에 복역 중인 모범 무기수와 꽃같이 젊고 아름다운 청신녀 불교신자의 결혼식이 거행되리라 한다. 나는 신랑 신부와 전혀 인연이 없고 그들에 대해 아는 것이 없지만, 매우 보기 드문 소식을 접하고 나서 한동안 깊은 생각에 잠겨 있었다.

사랑은 모든 것을 믿고 모든 것을 아낌없이 주는 것이다. 어떠한 어려움이라도 참고 견디는 가운데 진실의 사랑나무에 행복과 믿음의 열매가 풍요로이 맺힐 것은 당연지사다. 부처님께서 강조하신 '베풀되 주었다는 생각마저도 없어야 함'을 오래오래 기억해둘 만하다. '무주상보시(無住相布施)'는 곧 상대가 없는 절대 무변의 자비 정신이요, 최고도로 승화된 사랑의 대명사가 아닐 수 없겠기 때문이다.

혹자는 세속적인 지나친 기우와 호기심으로 무기수와의 결합을 부정적인 몸짓으로 받아들일는지 모르겠다. 그러나 사랑과 행복의 가치 기준은 수학의 공식적인 풀이처럼 정답이 따로 있지 않음을 상기해볼 때, 어떤 의미에서는 신부의 결단에서 지고지순한 성스러움을 진하게 느끼는 바다. 정신적인 결합과 합류 속에 두 사람의 사랑이 또 하나의 강을 이루어, 언젠가는 모범 무기수의 형틀이 꽃같이 아름다운 신부의 정성과 아낌없는 사랑으로 무너져내려, 이 세상 그 누구보다도 행복해질 수 있는 보금자리가 하루속히 마련되길 간절히 기원드리는 마음 산덩이 같다.

생명과 더불어 가장 존엄하고 존귀한 의미의 사랑이란 결코 주는 것일 뿐 받는 것이 아님을 알아야 한다. 사랑은 참는 것이요, 기다리는 것이다. 자존심을 앞세우거나 보상을 요구하는 것이 아님을 알아야 한다. 또한 사랑이란 용서하는 것이요, 원망과 미움이 없는 티 없이 밝고 맑은 마음이다. 그 마음은 일체를 계산 없이 줄 수 있고 거부 없이 받아들일 수 있는, 어디까지나 영과 육을 헌

신할 수 있는 다함이 없는 희생이다. 값싼 봉사이거나 동정일 수는 없는 것이다.

사랑에는 두려움도 없는 것이며, 결코 자랑스러운 마음까지도 없는 것이다. 그런 의미에서 행동이 수반되지 않는 사랑은 한갓 흔들림만 있을 뿐, 알맹이가 없을 것이다. 왜냐하면 사랑이란 항시 가꾸고 키우는 것이기 때문이요, 처음부터 완전무결한 사랑이란 거짓이겠기 때문이다.

그러나 우리는 일상생활에서 없어서는 아니 될 공기와 햇빛의 고마움을 마냥 잊고 살 듯이, 우리에게 있어 가장 소중하고 귀중한 생명의 고마움과 사랑에의 깊이와 넓이를 쉬이 잊거나 잘못 측정하고 계산하며 살고 있는지도 모를 일이다. 왜냐하면 사회와 가족의 자유롭고 평화로운 울타리와 도움 속에서 별다른 어려움 없이 살다보면, 생명의 존중과 사랑의 가치관을 망각할 수 있다. 그저 각기 나름대로의 가치 기준에 만족하여, 음률이 신통하게도 고루 엉망인 태평가를 음치인 목소리로 꼴사납게 부르고 있을는지도 모르겠기 때문이다.

그러나 감옥에 갇힌 자가 진정한 자유의 의미를 깨닫게 되고, 탄광의 매연과 독가스 속에서 생활하는 자가 공기의 고마움을 알며, 빠삐용처럼 암흑 속에 갇혔던 자가 햇살의 고마움을 알게 된다. 이렇듯 사랑의 쓰라림과 고통과 번민에의 진통을 겪음으로써 진정한 사랑의 의미를 알게 된다. 그리고 병들어 신음하면서 전율과 같은 죽음의 그림자에 입맞춤을 두어 번 연습해본

자만이 생명의 존귀함을 처절하게 깨닫게 되는 것이다.

누가 뭐라든 사랑하며 살 일이다. 생명이 남아 있는 한 사랑하며 살 일이다. 사랑하며 용서하며 서로 이해하며 살 일이다. 누군가를 사랑하는 만큼 누군가를 용서하며 살 일이다. 너그러이 용서하며 화끈하게 사랑하며 살 일이다. 누군가를 사랑한다 함은 항시 봄의 동산에 머무는 것이요, 사랑을 잃고 사랑할 줄 모르는 마음은 항시 겨울 빙산의 적막강산에 묻혀 살기 마련이다.

사랑하며 용서하며, 사랑하며 용서하며 살 일이다.

사주와 관상

해마다 이맘때쯤의 정월 초가 되면 스님들은 본의 아니게 일부 몇몇 신도분들한테 곤욕 비슷한 수난을 겪어야 하는 연례행사를 당하게 된다. 당하게 되는 것이 아니라 당하게 되어 있다.

해마다 정초가 되면 신도들이 사찰을 즐겨 찾아오게 되는데, 간혹 유감스러운 일이 벌어지곤 한다. 일부 몇몇 신도분들은 산골 스님분들을 관상이나 사주쟁이의 사촌쯤으로 착각 오인하고 있음인지, 사주와 관상은 물론이요 1년 신수에 토정비결까지 봐달라는 심심찮은 요구가 스님들의 얼굴을 붉히게 함이다. 또 하나는 개중의 승려 중에는 은근히 못 이긴 척 사주·관상에 토정비결의 풀이쯤은 사양하지 않는 풍토가 이따금 눈에 띄기 때문이다.

이쯤 되고 보면 유감스러운 것은 신도분들이 아님이 분명한 사실이다. 원인 없는 결과가 있을 수 없듯이, 화살의 포인트는 승려들 자신에게로 되돌아옴을 감지하지 않을 수 없어 슬픔의 나이테 주변이 확대되어옴은 물론이다. 아무튼 부처님을 생각하되 복이나 주고 재앙이나 없애주는 신통이 자재하다는 어떠한 신(神)쯤으로 받들어 섬김이요, 승려들을 무당할멈의 사촌쯤 되는 박수나 재인(才人)쯤으로 가볍게 받아들이는 분들이 없지 않으니 심히 가증스럽고 애석한 일이 아닐 수 없다.

모든 복(福)과 화(禍)는 스스로 짓고 스스로 받는 것이지, 그 누가 복을 주고 화를 소멸해줄 수 없는 것이다. 스스로의 마음이 고요하고 깨끗하면 스스로 편안할 것이요, 증오와 불만이 가득하면 스스로 괴로움으로 신음하게 될 것이다.

마음이 즐거우면 일체가 즐겁게 보이고 아름다워 돋보일 것이요, 마음이 비좁고 닫혀 있으면 스스로 속상하고 외로워지기 마련이다. 언제이고 늘 넉넉한 마음만을 지녀 가질 수 있으면 이르는 곳마다 만족이요, 태평이요, 여유롭고 든든할 것이다. 마음이 궁핍하고 빈약하면 당하는 일마다 짜증스럽고 자신이 없으며, 불만과 권태로움이 미워진 애인의 오른쪽 눈곱처럼 다가서기 마련이다.

일찍이 부처님께서는 넉넉한 마음을 항시 지녀 가질 수 있는 마음 밝히는 법을 가르치셨을 뿐이다. 콩도 심지 않고 추수를 기다리거나, 이미 받아놓은 생명에 짜여진 각본대로 인생을 연습하듯 가벼이 살아가는 못난이 운명론자들을 결코 찬탄하지 않았음을 끝으로 밝혀둔다.

어느 종교를 믿든 안 믿든, 자신의 운명은 자신 스스로 개척하고 개발하며, 결코 주위의 눈치코치에 얽매임 없이 진실되게 살 일이다. 항시 누구에겐가 감사드리며 기도드리는 자세로 살 일이다.

지평선 있는 나라

지평선 있는 나라에 가고 싶다.

솔직히 말하면 지평선 있는 나라에서 한 3년쯤 살고 싶다. 끝없이 펼쳐진 초원이 있을 게고, 호수가 있을 게고, 그리고는 그리도 보고 싶어라 하는 지평선이 삼삼한 무게로 다가서겠지…. 생각만 해도 신바람이 난다. 신바람 날 일이 아닐 수 없다.

지평선 있는 나라에 사는 사람들은 마음이 넓고 깊을 게고, 소녀의 꿈이 뭉게구름만큼이나 많을는지 모를 일이다. 펄 벅의 〈대지〉에서 벌판에 불이 나면 몇 개월간 불꽃이 타오르고 있다고 하니, 그런 벌판이 실제로 있는지 의아스럽기도 하다.

불법(佛法)은 어떤 의미에서는 지평선 있는 나라이다. 끝 없는 대해(大海)와 같고 높이를 알 수 없을 만큼 실로 깊고 넓으며 미묘하기 때문이다. 불법의 넓은 대지에 두 발을 딛고 서서 아직 어느 곳을 향할지 방황하고 있긴 하나, 생각할수록 다행스럽고 고맙고 기쁜 일이 아닐 수 없다.

우리는 보이지 않는 지평선 있는 나라[佛法]에 살고 있는 국민[佛子]이겠기 때문이다.

조고각하

큰 사찰의 대중 처소에 가면, 신발 벗어놓는 마루 밑 섬돌 기둥에 '조고각하(照顧脚下)'라는 글이 눈에 띈다. 한마디로 '무릎 밑을 한 번쯤 돌아보라'는 말일 게다. 이 말이 꼭이나 신발을 벗어놓을 때 제자리를 찾아 질서 정연하게 제자리에 두라는 뜻만은 아닐 것이다. 우리가 일상생활에서 흔히 들어온 '회광반조(廻光返照)'라는 말뜻과 어딘지 모르게 상통되는 뜻이 담겨져 있으니 더욱 그렇다.

가야산 해인사 같은 곳에 가보면 선원이나 강원, 율원 할 것 없이 조고각하라는 글이 심심찮게 눈에 들어온다. 해인사는 대중스님들이 많이 모여 수도(修道)에 온 힘을 기울이는 총림 도량이요, 눈 푸른 납자들의 집결 장소라서 그런지는 몰라도 조고각하라는 글이 어느 사찰보다도 많이 눈에 띄는 것이 사실이다.

조고각하를 강조하는 것은 대중 생활의 규범과 각 개인의 행동에 조심스러움을 길러주기 위해서이다. 또한 항시 자신들의 허물과 잘못을 스스로 가려 고쳐갈 수 있도록 하기 위해서이다. 그것은 무언의 설법과 같은 보이지 않는 힘을 지니고 있다.

사찰의 탑과 큰 건물의 추녀 끝엔 으레 풍경이 매달려 있다. 풍경 밑엔 바람에 흔들려 풍경이 울릴 수 있게끔 함석으로 만들어진 붕어 모양의 물고기가 달려 있음을 볼 수 있을 것이다. 붕어뿐만 아니라 수중 중생들은 잠을 잘 때도 눈을 감지 않는다. 그러므로 풍경 소리는 공부를 지어가는 스님들에게 잠은 최대의 장애물임을 경책해주며 졸음을 털어주는 힘을 지니고 있는지도 모를 일이다.

졸더라도 물고기처럼 눈뜨고 졸라는, 얼마나 해학적인 의미의 뜻이 담긴 무언의 설법이란 말인가. 일찍이 희랍의 철인 소크라테스는 "너 자신을 알라"고 하였다. 너 자신을 알라는 말에 못지 않게 우리들 가슴마다에 깊이 새겨 조고각하라는 말의 진정한 의미를 한 번쯤 되새김질해 줬으면 싶다.

이 세상에서 가장 큰 기쁨

이 세상에서 가장 큰 기쁨이 있다면 살아 있다는 자기 확신에의 기쁨일 것이다. 가장 슬픈 것은 두말할 나위 없이 생명력에 대한 자기 포기가 으뜸이 될 줄 안다.

나는 때때로 생각한다. 살아 있다는 그 자체가 얼마나 신기하고 고마운지 생각할수록 생명에 대한 환희로움이 온몸을 타고 올라 나름대로의 희열에 잠기곤 한다.

생각해보라! 살아 있다는 이 생명에 대한 확신보다 더 큰 기쁨이 어디에 있겠는가를…. 살아 있는 자는 모두 다 승리자이다. 어떤 의미에서든 월계관을 스무 개, 서른 개를 써도 결코 아깝지 않을 그런 승리자이다. 생명 그 자체는 빛이요 힘이요 길이며, 만법의 근원적인 원동력이요, 법의 수레를 이끌어 갈 활력소이겠기 때문이다.

얼마 전, 오래된 원고지 뭉치 속에서 낙서해둔 편지 투의 쪽지를 읽은 적이 있다. 동대구역 입장권을 가락국수 한 그릇 값과

바꾼 후, 진종일 기차에 오르내리는 사람들의 몸짓과 표정이나 읽어내리며 호주머니 속의 이 세상을 떠날 수 있는 약봉지를 만지작거리던 내용의 글이었다. 그때엔 무슨 생각이었는지 대구에서 청도 운문사까지 맨발로 걸어 산속과 들판에서 밤을 지냈다. 하늘의 별자리를 헤아리며 '엄마야! 울 엄마야!'를 외쳐불렀던 지난 날의 분신(分身)이 생각할수록 안쓰럽게 다가서며 눈시울을 뜨겁게 자극한다.

생명은 존귀하다. 이 세상이 고해(苦海)요, 화택(火宅)이요, 사바세계(娑婆世界)라지만 천만의 말씀이다. 한 생각 거두면 고해가 낙원이요, 화택이 안온한 보금자리이며, 사바가 바로 정토이기 때문이다.

일시적 도피는 완전한 치료 방법이 될 수 없다. 제발이지 지나칠 만큼 자만심에 가득 찬 유아독존(唯我獨尊)이 되어주길 빈다. 예수님의 말씀처럼 '희망이 없는 자는 죽은 자'이겠기 때문이요, 불타(佛陀)의 인간 선언처럼 '천상천하 유아독존'이겠기 때문이다.

도깨비 그림

화공 한 사람이 제나라 왕을 위해 그림을 그리고 있었다. 왕이 화공에게 "어떤 것이 가장 그리기 어렵소?" 하고 물었다

"개와 말입니다."

"그럼 가장 그리기 쉬운 것은?"

그러자 그 화공은 이렇게 대답했다.

"가장 그리기 쉬운 것은 도깨비입니다. 개와 말은 누구나가 알고 있어 아침저녁으로 대하게 되는 것이므로 그대로 그리기가 힘듭니다. 그러나 도깨비의 경우에는 형체가 없는 것으로써 사람의 눈에 잘 띄질 않으므로, 아무렇게나 그려도 상관 없기 때문에 쉽습니다."

이상은 한비자(韓非子)의 글에 담겨 있는 이야기이다. 화가가 아닌 나로선 실제로 말과 개의 그림보다는 도깨비의 그림이 어려

운지 쉬운 것인지는 모를 일이나 아무튼 뭔가를 흔들어 일깨워주는 고전(古典) 숲의 풍자극이 아닐 수 없다.

도깨비란 놈들이 실제로 있는 건지 없는 것인지는 알 바 없으나, 제나라 화공의 말과 같이 눈알을 하나 그려도 좋고 안 그려도 무관할 바에야 나도 이젠 '도깨비 그림'이나 몇 장 그려 연하(年賀) 엽서로 대신할까 하는 그런 우스운 생각도 없지 않다. 왜냐하면, 요즘에 보면 선원에서 선을 전혀 참구한 적도 없는 그런 얼굴 두터운 위인들이 선의 세계가 어떠하고, 선에 이르는 길이 또한 이러하며, 선의 정신은 이런 것이며, 선시(禪詩)의 격외도리(格外道理)란 저런 것이라며 금세 도에 눈뜬 활안종사(活眼宗師)나 된 것처럼 떠들어대거나 남의 글을 저서랍시고 책으로 펴내는 꼴들이 가히 '도깨비 그림'의 흉내나 다를 바 없겠기 때문이다.

나 같은 경우엔 가야산 해인사 선원과 송광사, 망월사 같은 대중선원에서 그래도 몇 철은 지내왔었지만 도무지 선의 그림자 밟는 소리도 따라나서지 못했는데, 용케도 선방 문고리 한 번 잡아보지 못한 자들이 선에 대해서 입방아를 찧는 걸 보면 서부의 무법자라도 보는 듯한 가소로운 느낌도 없지 않다.

한 번은 불교신문사에 앉아 있으려니까 스님 한 분과 노인 거사 한 분이 신문사엘 찾아왔다. 몇 차례이고 전화해서 광고료까지 선불로 지불하고 광고 내주길 의뢰했는데, 왜 광고를 실어주지 않는지 그 원인을 규명하기 위해 방문했노라고 한다. 그러고 보니 광고부장이 몇 차례나 광고를 내주는 게 어떻겠느냐고 나의 의견을 물어왔던 생각이 번개처럼 일어섰다. 광고문의 내용인즉 자기 자신은 참선을 하여 도통했으며 통도사 극락암의 경봉 노사(老師)와도 법문답을 하여 정식으로 인정받은 도인이니, 누구나 인생 문제와 불교에 대하여 의심이 있으면 서신이나 직접 자기를 찾아와 물으라는 제법 뱃심 두터운 글귀들로 시종 일관되어 있었다. 자칭 도인이라는 장본인 스님의 얼굴을 매섭게 아무 말 않고 쏘아봤더니 안절부절 못하는 꼴이 아무리 봐도 가짜 도인임이 분명하였다.

광고부장에게 어떠한 일이 있더라도 그따위 광고비와 광고문은 즉시 반송해버리라고 일러놓고는 그 가짜 도인과도 헤어졌었다. 신문사 직원들이 없고 그 가짜 도인과 동행한 노인이 없었더라면, 그 자칭 도인의 얼굴을 주먹으로 시원스레 갈겨준 후, 지금 경계가 어떠시냐고 묻고 싶은 생각이 없지 않았다.

큰 불기와 작은 불기

부처님께 공양물을 올리는 마지 밥 그릇[佛器]이 십오륙 년 전만 하더라도 꽤나 컸던 걸로 기억된다. 요즘엔 사찰에서 사용하고 있는 촛대나 향로, 불기가 스텐으로 되어 있으나, 예전엔 놋쇠로 된 불구가 주종을 이루고 있었다. 그러므로 놋쇠 그릇은 아무리 깨끗이 닦아주어도 쉽게 얼룩지거나 색깔이 변해 수시로 기왓장을 가루내어 그걸로 놋쇠로 된 불구 닦던 일이 기억에 생생하다. 어떤 불기는 한아름이 넘는 것도 있었는데 거의 다 요즘에 사용하고 있는 불기와는 비교도 안 될 만큼 그릇이 컸던 것만은 분명하다. 그래서 기왓장 가루로 그릇을 닦을 때마다 생각해대곤 했던 일인데 불기가 작아질 수 있었으면 그리고 부처님전에 여러 그릇의 마지를 올리면 안 될까 하는 바람이 늘 고된 작업 중에도 머리 가득히 피어올랐었다.

왜냐하면 칠성불공일 경우 일곱 그릇의 마지를 법당에 올리고 스님이 염불을 하게 되는데 불공이 끝나면 얼룩진 놋쇠 그릇을 기왓장가루로 닦던 일이 당시의 나의 피할 수 없는 소임이었기 때문이었다. 그런데 요즘에 보면 칠성불공일 경우에도 일곱 그릇이 아닌 한 그릇의 마지를 올리는 경우가 허다하고 놋쇠 불구는 스텐으로 탈바꿈되어 그릇 크기 자체가 매우 간소화되고 있으니 요즘 행자들은 그릇 닦는 지겨울 만큼 고된 작업과는 별천지에서 행자 수업의 행운을 맞고 있는 셈이다.

예전에 불기가 한아름 될 만큼 컸던 이유에서도 그리고 칠성불공일 경우 일곱 그릇의마지를 법당에 올리게 된 경우에도 발상 그 자체에 희극 비슷한 비애를 느끼는 일이지만 스님들이 사찰운영의 생활방편에서 비롯되었음을 알아야 한다. 조선시대의 배불정책에 밀려 산간불교로 정착하였고 심산유곡에 부처님을 모시다보니 식량 해결이 현실 문제로 대두되었을 것은 뻔한 일이다. 그래서 스님들은 부처님께 올리는 불기를 곱에서 곱으로 모양과 크기를 달리했었고 신도분들의 입장에서는 큰 그릇에 밥 지어 담을 쌀 준비에 두세 곱의 노력과 정성을 강요받았을 것은 당연한 일이다.

그러다보니 원시불교에서는 찾아볼 수 없었던 칠성불공도 스님들이 생각해낼 수 있었고 신도분들은 일곱 그릇의 불기에 밥 지어 올릴 공양미 준비에 사찰을 찾는 발걸음이 무거워졌을 것은 뻔한 일이다.

그러나 요즘엔 신앙의 자유가 넉넉하게 제도적으로 보장되고 국민 생활수준이 식사 타령에서 의식 혁명으로 점화되어가는 시대이고 보면 스님들의 입장에서 불기를 크게 늘릴 필요가 없을 것이요 신도분들 측에서도 쌀만이 공양물이 아닌 꽃과 과일 등을 불전에 올리는 화려한 발전을 보여주고 있음은 다행한 일이 아닐 수 없었다.

신앙을 생활화하는 데 있어 생활에 맞게 적은 공양물이지만 정성과 기도하는 자세로 마련하고 항시 누구에겐가 감사드리는 마음으로 신앙인의 둘레를 확보해가야 될 줄 안다.

발에서 키우고 논에서 거두어들인 곡식, 바다에서 수거한 미역 줄기와 나무에서 얻은 과일 그 어느 것도 신앙인의 정성과 마음 자세에서 복전의 씨앗이 발아될 뿐 결코 지폐의 무게와 겉치레의 위용에서 신앙 그 자체가 가늠될 수 없는 것이기 때문이다.

불전에서 만날 수 있는 〈빈녀(貧女)의 일등(一燈)〉에 대한 이야기는 결코 먼 먼 옛날의 전설일 수 없는 것이다. 가장 순수한 신앙 그 자체에도 세속적인 의미의 악습적 악세사리가 따라다닌다면 지극히 비극 중의 비극이 아닐 수 없겠기 때문이다. 항시 감사드리는 마음과 기도드리는 자세로 마음과 마음으로 진실은 진실끼리 통할 수 있게 〈빈녀의 일등〉을 신앙인의 교훈으로 받아들이며 넉넉하게 살 일이다.

큰 불기와 작은 불기에 담기는 공양미의 무게와 색깔에 따라 결코 복전의 개화가 좌우될 수 없겠기 때문이다. 초 한 자루를 마련하고 향 한 개를 사더라도 내 몸에 불을 당기는 간절한 소망으로 순수와 정직 그 자체를 공양물로 올릴 불교인의 자세가 아쉽기만 하다.

부처님 전상서

부처님! 이거 정말 죄송스럽고 부끄러운 글월 올립니다. 열흘쯤 전에 「법륜(法輪)」지의 김혜기 불자님이 찾아와 송년 회고 형식으로 원고 15매를 써달라고 하였는데, 차일피일 미루다가 마감일이 훨씬 지난 오늘에야 〈부처님 전상서〉를 올립니다.

76년이던가 77년에 「법륜」에 〈얼굴이 미운 스님〉을 쓴 뒤 몇 년의 세월이 지나는 동안에 두세 권의 수필집도 펴내고 시시껄렁한 주간지 등에도 얼굴 뜨거운 줄 모르고 이름 석 자 올려놓길 사양 않더니만 아니 글쎄 불교계의 순수교양지인 「법륜」이나 「불광」, 그리고 「법시」나 「여성불교」 등에는 아예 원고지 한 장 내밀지 않고 살아왔으니 그 죄가 무겁고 괘씸하며 가증스러울 만큼 가소로운 마음가짐이 아닐 수 없겠습니다.

솔직히 말씀드려서 수년 전만 하더라도 「불교신문」과 「법시」 등에 투고질하기 바빴으며 여성지의 독자란에 실린 저의 글을 보고도 감격해서 오려가지고 다녔던 향봉이었습니다. 그런데 글쎄 춥고 배고프던 그런 향봉이가 〈사랑하며 용서하며〉를 써서 조금씩 목에 힘을 잡더니만 요새는 아예 마감일이 훨씬 지나도 눈 하나 까딱 않고 거드름만 피우고 있으니 황당무계하고 버르장머리 없는 일이 아닐 수 없습니다.

육바라밀 중 보시가 으뜸인 줄 뻔히 알고 있으면서도 글 쓰는 작업에 인색하여 게으름만 피우고 있으니 이제는 제발이지 지지리도 읽히지 않는 글이지만 보시하며 살까 싶습니다.

이차돈처럼 목을 날리고 혜가처럼 팔을 자르지는 못할지언정 불교를 위하고 포교를 위해서는 무딘 붓끝이나마 사력을 다할 각오입니다.

너무도 솔직히 솔직히 말씀드려 백 번 죽어 백 번 사람으로 태어난다 해도 사문의 길을 택할 것이며 주위에서 미주알고주알 입방아를 찧고 손가락질을 하든 말든 한국불교계 최고의 거봉이 되어 산신령처럼 든든하게 쩌렁쩌렁 온 산천이 울릴 수 있게 큰 기침하며 살아갈 향봉이입니다.

본시 타고난 성격이 지랄같고 불같이 급한 데다가 타협을 모르고 일방통행으로만 살아오다보니, 주위에서 저를 미운 며느리 다래끼 낀 왼쪽 눈곱만큼이나 가벼이 생각하고 있는 듯합니다. 사실은 부처님께만 귀띔해드리지만 천하를 다 준다 해도 환속하지 않을 게 분명하고, 조금은 죄송스런 말씀이지만 양귀비 뺨칠 여자가 나타난다 해도 중노릇 당당하게 거목으로 자랄 향봉이가 분명합니다.

경제 불황인 요즘 세상에 보증수표라는 말은 어떤 의미에서든 구미 당기는 말이 아닐 수 없는데 사실 저는 얼굴 생김의 수상쩍은 흐름으로 보나 별난 성격의 모난 생활로 보나 중노릇 그럴 듯하게 잘해나갈 진짜배기 보증수표임을 사족 삼아 밝힙니다.

부처님!

이거 정말이지 지극히 죄송스러운 말씀입니다만 중노릇 잘할 항봉이에게 짚고 넘어가야 할 게 있습니다. 다름이 아니옵고 부처님께서도 뻔히 알고 계실 일이지만 유치장이나 교도소와 인연이 깊은 게 커다란 문제가 아니 될 수 없습니다.

69년도 겨울에 해인사 수도승들의 난동사건에 관련되어 36일간 거창경찰서의 유치장에 갇혀 있더니만 81년 여름에는 오대산 월정사 사건과 관련되어 90일간 원주교도소에서 안거하고 나왔으니, 이거 입이 열 개 있어도 변명할 말이 없습니다. 69년도 해인사 사건에는 나이도 어린 놈이 싹수 노랗게 자랄 징조를 보여주위 눈살을 찌푸리게 하더니만 철들 나이가 훨씬 지난 81년 월정사 사건에도 약방의 감초처럼 끼어 있으니 어물전 망신시키는 꼴뚜기 같은 존재가 아닐 수 없습니다.

아무리 잘 봐주려 해도 불교계와 스님들에 대한 이미지를 하루아침에 와장창 구겨놓은 그런 못된 재주에 환멸과 구토증을 느끼지 않을 수 없습니다, 다른 스님들과 포교사님들은 불법 홍포에 영일(寧日)이 없는 날을 보내고 있건만 어찌하여 얼굴마저 지지리 못생긴 향봉이는 하는 짓마저 그 꼴 그 모양인지 안쓰러운 마음이 앞섭니다.

앞으로는 제발이지 유치장이나 교도소 출입이 있어서는 안 되겠지만 불교를 살리고 승권을 드넓히며 민족과 나라를 위한 사건 등에 개입되어 얼굴 두터운 짓과는 맹세코영원한 이별을 약속해 올립니다. 말 한 마디 행동 한 점에도 각별히 채찍질하여 모범 스님의 길을 걷겠습니다.

"이 세상에서 가장 어리석은 사람은 한 말뚝에 두 번 넘어진 사람"이라고 부처님께서예전에 말씀해주셨지만 둔하고 더딘 중생이 그 은혜를 헤아리지 못하옵고 생명을 헤프게 쓴 죄가 지극히 무겁습니다.

한 해를 다 보내며 돌이켜보건대 저의 걸어온 발자취에는 생명의 찌꺼기와 원색 무늬의 비늘이 많습니다. 이제는 제발이지 저의 메마른 영토의 하늘에도 비둘기를 날릴 수 있도록 여유 있고 넉넉하게 살겠으며 누군가를 사랑하고 용서할 수 있는 그런 마음으로 감사드리고 기도드리는 자세로 살겠습니다.

그런데도 죄송스럽지만 부처님!

우리네 생활이 권태와 불만으로 가득하여 뭔가 변화를 바라는 마음이 없지 않아 새로운 것을 찾아 헤매이는 속물근성이 저에게도 없지 않음을 밝혀두고 싶습니다,

그러므로 조금씩은 비틀거리는 몸짓으로 '삼일로창고극장'에 가서 빨간 피터의 추송웅도 만나봐야겠고 경복궁에 들러 〈한

국미술 5천년전〉에도 가끔씩은 다녀와야겠습니다. 그리고 중광 스님과 정휴·오현 스님과도 가끔씩은 문학과 예술을 위한 음모도 해야겠고 청평사의 종진 스님이랑 자우 스님과도 만나 명동의 칼국수집에도 다녀와야겠습니다.

부처님!

한 해를 보내는 저의 마음은 텅텅 비어 빈 뜰의 바람소리 몇 점만 남아 있을 뿐입니다. 울어도 울어도 응어리진 찌꺼기로 바람소리 몇 점만 남아 있을 뿐입니다. 90일간을 교도소에서 갇혀 있다 보니 늦여름의 포도알과 가을 산촌 길의 코스모스를 만날 수 없어 유감이었습니다.

"……."

지극히 할 말이 많으나 지극히 할 말이 없을 뿐입니다.

나의 부처님!

이토록 가까이 있었는데

"생활시도(生活是道) 평상심도(平常心道)"라는 말이 있다. 진리는 결코 먼 곳에 있는 게 아니라 가까운 곳에 있음을 일깨워주는 말일 게다.

그런 의미에서 예전의 조사스님들은 오도의 깊은 경지를 "목마르면 물 마시고 졸리우면 잠을 잔다"고 노래할 정도였다. 그런 차원에서 산은 산이요 물은 물일 따름이다.

우리네의 일상생활을 떠나 따로히 도가 존재할 수 없는 것이요 평상심 그대로가 도의 본원임을 알아야 한다.

그러나 "삼세아능언(三歲兒能言)이나 팔십로불행(八十老不行)이라"는 말이 있듯 실천에 옮기기란 지극히 어렵고 힘겨운 고된 작업이 아닐 수 없겠다.

며칠 전의 일이다. 내가 머물고 있는 방에 자그마한 수박 한 덩이가 며칠을 두고 그대로 자리를 지키고 있었다. 조계사의 스님들이 올려보내준 과일 중에 토마토와 참외는 깨끗하게 처분한

지 이미 오래였으나 이른 철에 나온 한 덩이의 수박에는 별로 맘이 내키지 않아 며칠을 두고 그대로 방치해두었던 거다.

그런데 밤이 깊도록 낙서를 한답시고 쪼그리고 앉아 있다가 책상의 한 켠에 놓여 있는 수박에 눈이 머물게 되었다. 후덥지근한 날씨 탓도 있고 해서 수박의 꼭지 부분을 조금 잘라내어 보았다.

맛이 별로이겠거니 하고 생각했었으나 수박맛이 꿀맛이다.

결국 한 쪽 손을 수박덩이 속에 밀어넣고 한 웅큼씩 수박에 담긴 맛을 건져내어 만족해 하였음은 물론이다.

세상 사람들은 조끼 색깔만 보고 그 사람의 인격마저 가볍게 저울질하는 그런 느낌이 없지 않았다. 그래서 그런지는 모를 일이지만 '의복이 날개'가 되고 '보기 좋은 떡이 먹기도 좋다'는 속담이 비롯되었는지도 모를 일이다.

철 이른 수박의 맛이 별로이겠거니 생각하고 방치해두었던 수박맛이 꿀맛이나 다를 바 없었으니 조끼 색깔만 보고 인격을 저울질한 처사나 다를 바 없는 일이겠다.

책상 위에 놓인 목마름을 가시게 할 수 있는 수박덩이를 멀리 하고 며칠을 두고 수도꼭지로 갈증을 달래왔으니 뜰 앞의 매화를 두고 이 산 저 산을 헤매며 봄을 찾던 예전의 노인네와 다를 바 없는 일이겠다.

결코 진리는 먼 곳에 있는 게 아니라 우리들 주위에 그리고 우리들의 마음 자세에서형형색색의 빛깔과 무게로 진리가 표출됨을 두고두고 잊지 말 일이다.

마음을 넉넉하게 건강하게

같은 여자인데도 딸이 바람 피우면 감춰줄 수 있으나 며느리가 바람 피우면 쌍지팡이 짚고 분노하기 마련이다. 같은 사내인데도 아들이 바람 피우면 사내가 한 번쯤은 그럴 수 있다고 생각하나 사위가 바람 피우면 자네가 그럴 수 있느냐고 울먹이기 마련이다.

모든 것을 자기 위주로 생각하는 자기 편애에서 비롯되는 잘못된 계산법임을 알아야 한다. 항시 시한부 인생을 살아가듯 세상을 엮어가다 보면 작은 일에도 크게 감동할 수 있을 것이요 커다란 충격에도 한 생각 돌이킬 수 있는 여유가 자리할 수 있을 것이다.

행복이나 만족은 결코 물질적이거나 외형적인 충족만으로는 이루어질 수 없는 것이다. 행복과 불행의 개념 차이란 한 생각이 열려 있고 닫혀 있음에서 파생하는 소꿉놀이에 불과하다. 생활에 있어 빗장을 열고 시원통쾌하게 살 일이다. 닫힌 문도 열고 보면 층층이 또 다른 세계가 펼쳐 있음을 알아야한다. 미워하고 토라져 등 돌린 척하며 힘겹게 살 게 아니라 두 손 마주잡으면 섬섬히 번져오는 따스한 정으로 살 일이다.

선배스님 중에 요즘 일약 스타덤에 오른 '걸레 스님 중광'이란 분이 있다. 미국 버클리대학의 랭카스터 교수가 한국산 피카소라고 추켜세워 한국의 화단이 발칵 흔들렸던 사실을 머리 좋은 분은 기억해두고 있을 줄 안다. 그 중광 스님이 내가 머물고 있는 이곳 가람에도 가끔 들리곤 하는데 하루는 내가 걸레 중광이 머물고 있는 이대부속병원 옆 감로암을 찾아나섰을 때의 이야기다.

이른 아침인데 스님은 여자들의 속치마 바람으로 웃옷은 벗어버린 채 길게 누워 담배를 피우고 있었다. "남자분이 웬 여자의 속치마냐"고 묻자, 중광은 오히려 의외라는 듯이 말한다. "향봉도 솔찬히 더디군. 길거리에서 6천원에 하나 샀는데 이걸 입고 팬티 입지 않으니 여름이 내내 청풍유관(淸風遊觀)인 걸. 그렇게 시원할 수가 없단 말씀이야."

물론 걸레 중광이다운 형색이요 답변이지만 나는 요즘 솔직히 컬레 중광을 몸살 날 만큼 좋아라 하고 있다. 중광이 승적을 두 번이나 박탈당한 승려의 자격마저 없는 분이지만, 중광의 꾸밈이 없고 거짓이 없는 있는 그대로의 모습이 어쩐 일인지 도인의 모습으로만 확대되고 있음이 사실이다.

중광은 말한다. 세계 어느 곳에 가나 통할 수 있는 언어는 '진실'이라는 언어라고. 이제 우리는 조금은 순수해지고 진실해져야 한다. 사형수의 마음이 점점 순화되어 끝내는 진실된 모습을 우리에게 보여주듯 시한부 인생을 사는 사람들이 모든 이들의 잘못을 용서하고 그들을 위해 기도드릴 수 있는 것처럼.

어차피 세상이 몇 마당짜리 연극일 바에야, 잠시 한쪽 모서리를 스쳐가는 바람이 될 게 아니라 마음속의 온갖 형틀을 모조리 부수어버리고 회오리바람처럼 때로는 태풍의 눈이 되어 당당하고 느긋하게 살 일이다. 그러면서도 항시 누군가를 위해 기도드리는 자세와 감사드리는 마음으로 살 일이다.

마음을 넉넉하게 건강하게 살 일이다.

4장

무언의 설법

동백꽃 만나러 가는 길에

재작년의 일인가보다. 광주 여객 터미널에서 대흥사에 가기 위해 해남행 직행버스에 몸을 담고 있는데, 옆 좌석에 앉은 분이 오천평 여사보다도 더욱 뚱뚱한 여인이다. 좌석의 비좁음을 금세 느낄 수 있었으나, 나의 좌석에까지 엉덩이를 펴고 미안함 따윈 아예 찾아볼 수 없이 두 눈 감고 있는 여인의 얼굴이 얼핏 보니까 재미있다.

버스가 터미널에서 출발한 뒤 무료함을 메우기 위해 슬쩍 어디까지 가시느냐고 황송스레 여쭤보았다. 제발이지 나주나 영산포쯤서 하차해줬으면 싶은 뚱뚱보 여인이었기 때문이다. 그러나 이내 나의 기대는 무너졌지만 '해남 간다'는 동행자 여인임을 어이하랴!

미우나 고우나 이것도 인연이려니 해서, 한 생각 접어두고 아예 읽던 책을 다시 펼쳐들었다. 그런데 이번엔 여인 쪽에서 대흥사에 계시냐고 말을 건네온다. 대흥사의 동백꽃을 만나러 갈

뿐 한양(서울)에 잠시 머물고 있다 했더니만, 그럼 현주소가 어디메 산골이냐는 제법 집요한 물음의 연속이다.

쯧쯧! 뚱뚱보 여인은 글쎄, 인생 그 자체를 나그네로 생각지는 않는 듯한 물음이다. 지금은 서울에 살고 있으나, 인생 무대의 한 모서리를 잠시 지나고 있는 바람에 지나지 않는다. 그것이 인생을 엮어가는 나의 일상의 삶이기에 한양에 잠시 머문다고 했음은 충분히 현주소를 밝힌 것이다. 그런데 거기서 현주소 타령이 싱겁게도 나오다니 가슴 답답한 친구임이 분명해진다.

여인은 나의 눈치를 위아래로 몇 번 살피는 것 같더니만, 자기의 손금이나 봐줄 수 없느냐는 얄밉도록 두툼한 주문이다. 하도나 어이가 없었으나, 나의 생긴 꼴이 싸구려 시장 바닥의 관상쟁이 얼굴쯤으로 본시부터 생겨먹은 게 잘못이다. 해서 복채만 두둑이 주면 손금뿐 아니라 보너스로 관상까지 봐주겠노라고 두 눈 딱 감고 대답했다.

그랬더니만 복날에 강아지 만난 기쁨 만큼 좋았던지 나이는 마흔두 살에 생일이 어쩌구저쩌구 늘어놓는다. 뚱뚱한 사람은 흔히 고혈압이 있다는 생각이 떠올라 혈압이 높아 건강이 좌우로 흔들리고 있느냐고 물었더니만, 옳으신 말씀이라며 신기한 눈빛으로 가짜배기 사주쟁이를 빠꼼이 바라다본다. 우습다. 생각할수록 빈혈증을 앓을 만큼 우습고 가소로운 일이 아닐 수 없다. 가짜말을 저리도 신통히 여기다니 까짓것 이왕 내친김에 적당히 미친척하며 속아주고 또한 속여보는 거다.

뚱뚱이 여인을 남편이 과히 좋아할 리 없다는 생각에, 이번엔 또 두 눈 딱 감고 남편 되시는 분이 조금씩은 양념 삼아 바람 쏘이러 외박할 기세가 보인다 했다. 그랬더니 어쩌면 그리도 신통하고 용하냐며, 그래 그렇잖아도 남편과 속눈썹의 눈금이 마주 비친 젊은 여자 찾아 광주를 다녀 해남에 간다는 푸념이다.

속으로 매우 싱겁고 대화 그 자체가 마른 여울목의 돌자갈 밟는 소리 같아, 대화의 방향을 바꾸어 동백꽃에 대하여 잘 아느냐고 이번엔 내가 물어보았다. 그런데 이 얼마나 기쁜 일인가! 여인의 현주소가 전남 완도읍이라며 자기 집 뜰의 울타리가 온통 동백나무임을 밝혀준다. 여인은 또한 대흥사 동백은 동백이 아닌 춘백(春柏)이라며, 그 이유인즉 겨울에 꽃이 피는 동백은 남해의 해변가에 조금 있을 뿐이라고 한다. 완도의 동백이 진짜배기 동백꽃이요, 목포나 대흥사의 동백은 겨울이 아닌 봄날에 꽃이 피어서 춘백이라는 제법이나 그럴듯한 설명이다.

여인은 대학에서 원예과를 졸업했다고 한다. 여인의 동백꽃에 대한 해박한 지식을 들으며 저으기 뭔가를 깨닫는 게 있었다. 역시 인간을 평하되 흔히들 조끼 색깔만 볼 뿐, 속마음을 측량할 수 없구나 싶어 속으로 일소하였다.

두륜산에는 가련봉, 두륜봉을 상봉으로 하여 고계봉, 도솔봉, 혈망봉, 향로봉이 있으며, 경치의 장관은 가히 금강에 비유될 만큼 또한 아름다운 계곡이 많다. 계곡마다 아름다운 다리가 놓여 있으며, 길섶마다 또한 동백나무가 층층을 이루고 있음을 보게 된다.

이 봄과 더불어 산다(山茶)와 산나물의 향취를 만끽하며, 동백나무의 꽃그늘에 묻혀 하루쯤 두륜산의 산신령이 되고만 싶은 마음 가득하다. 그때쯤에는 뚱뚱이 여인도 한결 양귀비 속눈썹 그늘처럼 예쁜 모습으로 다가설지 모를 일이다.

손오공 과자와 어머니

젊은 부인 한 분이 버스에서 내려 걷고 있었다. 동네 어귀에 접어들자 꼬마 사내아이 둘이서 담벽에 기대섰다가, '엄마!' 하고 부르며 달려온다. 부인은 장바구니에서 손오공 과자 두 봉지를 꺼내 아이들에게 나누어준다. 아이들은 10원짜리 손오공 과자가 그리도 대견한 선물인지, 좋아 어쩔 줄 모른다.

부인은 길가의 콩 잎사귀로 어린아이의 흐르는 콧물을 닦아준다. 손오공 과자를 쉽사리 뜯지 않고 봉지의 그림을 들여다보며 즐거워하는 아이들의 모습, 그리고 젊은 어머니의 정이 넘치면서도 어떤 아픔이 깃든 안쓰러움이 교차되는 순간이다. 밀레의 그림 〈만종〉보다도 한결 정감이 깃든 한 폭의 풍경화가 아닐 수 없다.

행복이란 결코 물질적 충족에서만 이루어지는 것이 아니다. 가난하더라도 10원짜리 손오공 과자라도 잊지 않고 서로가 서로를 생각하며 나눌 수 있는 마음가짐에 행복의 열쇠는 가득 쌓이기 마련이다.

무소유! 무소유! 철저히 무소유일 때 가슴 뿌듯한 만족이 가득하기 마련이다. 우리네 생활이 조금은 고되고 고달파도 우리에겐 신앙이 있고, 무소유의 기쁨이 있다. 돈 없이는 살 수 있어도 정 없이는 살아갈 수 없는 세상이기 때문이다.

정다운 유머

경상도 어느 사찰에서 정다운 스님이랑 함께 머물 때의 일이다. 하루는 환갑도 넘어 보이는 갓을 쓴 시골 할아버지 한 분이 찾아왔다. 사연인즉 손자 아이의 백일날이 낼모레인데 이름 하나 그럴듯하게 지어달라는 부탁이었다. 시골 할아버지께서는 아마도 절에 있는 스님이고 보면 성명학의 대가쯤으로 생각하고 왔음인지 손자 사내아이의 자랑에 열중이다. 정다운 스님과 나는 처음엔 극구 성명학에 문외한 스님들임을 밝혔으나 할아버지의 고집도 막무가내에 가깝다. 정다운 스님이 무슨 생각을 했음인지 성씨가 어찌 되느냐고 물으니 '김해 김씨' 양반집 자손이란다. 김해 김씨라면 뼈대 있는 집안이라며 할아버지는 이번엔 가문 자랑이 또한 대단하다. 참으로 정겹고 위트가 있는 현대판 할아버지임이 분명하였다.

옆에서 노인 어른의 가문 자랑만 듣고 있던 정다운 스님이 손자 아이의 이름을 다 지었노라며 성씨가 김해 김씨 양반집 뼈대 있는 집안 자손이니 '다스릴 치(治)' 자와 '나라 국(國)' 자가 어떻겠느냐며 노인의 눈치를 살핀다. 나라를 다스리면 국왕 될 게 틀림없는 일이니, 노인 어른의 기쁨이 또한 순간이나마 매우매우 기쁜 표정이다. 그러나 성까지 붙여 읽으면 '김치국'뿐이 되지 않으니 노인이 또한 끝내 모를 리 없는 거다.

"고얀 스님들 같으니라구. 남의집 귀한 손자 이름을 글쎄 김치국이라니…. 허허허."

노인과 우리는 크게 한바탕 웃어버렸지만 지금 생각해도 즐거운 일이 아닐 수 없다. 그날따라 다운 스님한테 들은 또 하나의 즐거운 이야기가 있어 여기에 옮겨놓는다. 서울에서 불교 믿는 어느 한 여학생이 정다운 스님을 귀찮을 만큼 쫓아다니며, 스님의 이름처럼 멋진 이름 하나 지어달라고 몇 날을 두고 조르더란다. 여학생의 성씨가 한 씨였는데, 학생이 공부는 않고 매우 한가히 스님이나 따라다니며 이름 지어주길 조르나 싶어, '아름다울 가(佳)' 자에 '계집 희(姬)' 자를 골라내어, '한가희'라고 지어줬다는 이야기였다.

'아름다운 계집'이라니, 그 여학생의 자그마한 입이 함박꽃처럼 벙글어 매우 즐거운 표정이더란다. 그런데 다운 스님의 설명을 듣고 금세 토라져 입을 삐죽이더라는 얘기였으니 성명학의 위력은 대단하긴 대단했던 모양이다. 학생이 하라는 공부는 안 하고 스님더러 귀찮게 만날 때마다, 또는 한가히 쫓아다니는 꼴이 가히 모범생일 수는 없어 '한가희'라고 이름 지었다는 설명이었다.

일소해두고, 지금쯤 그 할아버지의 손자 아이는 지금도 '김치국'이 되어 따스한 봄볕에 '김치 시지 마' 생각을 하며 싱싱하게 자라고 있을지 모르겠다. '한가희' 여학생은 지금도 하라는 공부는 하지 않고 한가히 보이헌팅에 한가로운 나날을 보내고 있을지도 모를 일이다.

해우소 왕실

절집 변소를 '해우소(解憂所)'라고 부른다. 수세식 변소인 'W.C.'나 예전의 이름인 '통시칸'보다는 한결 여유 있고 부드러우며 점잖아보여 좋다.

해우소란 잠시나마 근심 걱정의 번뇌 망상을 벗어두는 곳이라는 뜻일 게다. 다시 말하면 5분 동안이나마 소시민들의 왕실임을 증명해주고도 남는 말일 게다. 아무튼 요즘처럼 복잡다단한 세상이고 보면 '역사는 밤에…'보다는 역사는 해우소에서 이루어질 법도 하다. 왜냐하면 샐러리맨들에게 부담 없는 휴식 시간은 짧디짧은 시간이나마 해우소에서 얻어질 것이며, 글자 그대로 한 생각 쉬다 보면 형광등보다도 밝은 아이디어가 솟아오를지도 모를 일이기 때문이다. 변소칸이라 하여 지혜의 샘이 되지 말라는 법은 없을 테니까.

아무튼 글을 쓰다 보니 조금은 서글픈 생각이 든다. 세상을 어찌나 바삐, 그리고 남의 정신에 팔려 너무나 분주하게 살다 보니 해우소란 말이 생겼을 것이다. 필자 자신도 해우소를 아이디어의 산실이며 소시민들의 왕실임을 주장 비슷하게 내세우고 있으니 말이다.

옛말에 똥 누러 갈 때 마음과 용무 마친 뒤의 마음이 다르다는 말도 곁들여 생각된다. 요즘 젊은이들은 사랑을 구가할 때와 얻은 뒤의 태도쯤으로 비교해 생각해보면, 윗말을 이해하는 데 빠를 줄 안다. 위급과 곤경의 절벽에 매달려 있을 때와 안정과 행복의 울에 잠들어 있을 때의 각기 다른 인간의 마음을 꼬집는 말일 것이다. 아무튼 이 세상을 살아가는 데 해우소 왕실의 영구 회원권을 두어 장쯤 얻어둠이 마음 편할 듯싶다.

소시민들의 왕실이요 아이디어의 산실인 해우소에서 진정한 의미의 근심과 걱정을 잊을 수 있고, 불꽃 튀는 아이디어를 몇 뭉치쯤 얻어두면 얼마나 좋겠나 싶다. 해우소! 해우소! 해우소에 앉아 용무 보는 시간이 나에게도 가장 시원하고 흐뭇한 시간임을 밝혀둔다. 해우소 만만세라도 부르고 싶을 만큼….

인생은 짧다

인생은 짧다. 풀 끝의 이슬과 같고 섬광에도 비교된다. 그러나 이 짧은 인생의 목숨이 때로는 지겹도록 길게 느껴지기도 하고, 때로는 삶 그 자체가 지겨워 몸서리쳐지도록 자신을 혐오하고 저주하며 인생을 어렵게 살아가기도 한다.

생명, 그 자체는 임금의 그것이나 촌부의 그것이나 다를 바 없다. 다만 생명의 불꽃이 명예와 지위, 환경과 배경에 따라 화려하게 돋보이기도 하고 초라한 모습으로 화현(化現)하고 있을 뿐이다.

생명의 동아줄을 불살라먹고, 생명의 수통물을 마셔버리고, 생명에의 시력을 잃어가고 있을 뿐, 하루하루 산다는 것은 죽음 가까이 다가서는 몸짓이 아니고 그 무엇이겠는가!

점검할 일이다. 점검해볼 일이다. 내가 누구이며, 나의 위치가 어디이며, 나의 현주소에는 독충과 돌바람이 몰아치지 않는 곳인지…. 그리고 나의 생명의 옷 색깔에 대하여 나의 사고의 숲엔 비둘기 한 마리라도 기를 수 있는지, 나는 죽는 날에 무슨 표정을 지을 수 있을는지 생각해보고 점검해볼 일이 아닐 수 없다. 인생은 결코 연습용으로 소모시킬 수 없음은 물론이요, 삶 그 자체가 커다란 수수께끼 속의 난제가 아닐 수 없겠기 때문이다.

후회하지 않고 결코 후회스럽지 않게 살아갈 수 있다면, 그 삶의 옷결은 씨줄과 날줄로 엮은 옷이 아닌 보배의 옷일 수밖에 없다. 생각할수록 살아 있는 생명, 그 자체가 그렇게 고마울 수 없다. 아무리 고달프고 역겨운 우리네 삶일지라도 살아 있다는 그 사실 하나만으로도 세상을 삼키고 남을 만큼 다행스럽고 경하할 일이 아닐 수 없다.

여행의 의미

여행은 즐거운 작업이다. 여행이 없는 인생이란 무미건조하고 따분하지 않을 수 없기 때문이다. 여행에서 얻는 경험의 산지식이란 일상생활에 있어 때로는 소금이 되고 조미료가 되기도 하여 인생 설계에 적잖은 도움이 되어가고 있음이 사실이다. 그러므로 여행은 어떤 의미에서는 커다란 교과서이다. 페이지와 글자가 없는, 그러면서도 커다란 보배 중의 보배를 지니고 있는 교과서임이 분명하다.

여행이 드문 인생이란 마치 마비 증세를 앓고 있는 이상성격자가 되기 쉽다. 많은 여행의 경험을 쌓은 자를 상대해보면, 구르는 돌에 이끼 낄 틈이 없듯이 마음의 도량이 넓고 탁 트여 있으며 결코 소심하거나 옹졸하지 않은 게 그들의 공통점이기 때문이다.

여행에서 비롯되는 비극 또한 없지 않다. 여행으로 발단된 비극의 주인공들이 우리 주변엔 많을뿐더러, 지나친 여행욕은 허영에 가까운 사생아를 잉태하지 않을 수 없었기 때문이다. 여행을 하되 돈으로 하는 여행이나, 재미로 하는 여행이나, 그룹을 지어하는 여행에는 생명감이 결여되어 있기 쉽다. 여행이란 예로부터 몸으로 부딪치고 마음으로 거두어들이는 여행이어야만 하기 때문이다.

여행 중 가장 비참하고 실속 없는 여행은 아마도 뜻이 없이 떠나는 여행이요, 돈에 얹혀 떠나는 여행일 것이다. 여행에서 우선적으로 갖춰야 할 것은 마음의 준비 작업이요, 건강 관리의 만점이 확인되어야 한다.

여행하는 목적의식이 뚜렷이 설정되어야 함은 물론이요, 여행 중 뭔가를 얻기 위해 억지로 노력하고 사색하는 고된 작업은 삼가야 할 일이다. 시를 쓰되 펜 끝과 손재주로 쓰는 것은 최하위로 여기듯이, 몸 전체를 여행의 호수에 담가볼 일이다. 뭔가를 반조하고 반성할 수 있는 나름대로의 시간을 갖는다는 것은 더 할 수 없는 여행의 조미료임을 잊어서는 안 되겠다. 외진 산길을 한 번쯤 홀로 오래도록 걸어보고, 인적이 드문 호젓한 바닷가를 혼자서 하염없이 걸어볼 일이다.

사문의 전 생애는 여행으로 점철된다. 스님만큼 여행하길 즐겨 하고 여행 속에서 살아가는 사람도 드물 것이다. 스님들의 일생은 누구의 일생보다도 강하고 짙게 여행으로 시작되고 끝맺고 있기 때문이다. 욕심이 없이 구하는 생각과 헐떡임이 없는 여행이란 운수납자(雲水納子)들의 여로에서나 엿볼 수 있을 것 같다.

이제 해제다. 선원에서 정진하시던 스님들의 집착이 없는 진정한 의미의 즐겁고 알차며 보람된 여행이 되길 간절히 빈다. 여행은 어떤 의미에서는 사문들의 일상생활이겠기 때문이다.

진짜와 가짜

수안보온천에 있는 어느 더덕구이 전문 한식집에 들렀을 때의 일이다. 식사를 주문하고 기다리고 있는데 60세 가까이 되어 보이는 할머니 한 분이 플라스틱 양동이를 머리에 이고 식당 안으로 들어선다. 그 할머니는 식당마다 참기름을 공급하는 참기름 장수였다. 다음은 식당 주인 아저씨와 참기름 장수 할머니가 나눈 대화 내용이다.

"고소하고 맛이 좋은 진한 참기름을 좀 사시오."

"참기름이 우리집에 아직 많이 있습니다."

"이 참기름은 맛이 기막히게 고소하고 첫째 값이 워낙 쌉니다."

"한 되에 얼만데요?"

"딴 집서는 8천원도 받고 9천원도 받지만 오늘은 특별히 7천5백원만 내시오."

"워따 뭐가 그리 비싸요. 6천원이면 사는데…."

"웬 놈의 참기름이 6천원짜리가 다 있나요. 그건 숫제 가짜겠지요."

"가짜 진짜가 어디 있소. 맛만 고소하면 그만이지."

"그래도 우리 참기름은 진짜나 다름 없는 참기름인데…. 6천원짜리와 어디 비교나 될 수 있겠어요."

그러자 식당 주인 아저씨는 부엌 쪽을 향해 제법 큰소리로 외쳐댄다.

"야 잊그제 산 그 6천원짜리 참기름 좀 가져와봐. 얼마나 고소한지 보여주게."

그리하여 맷국물이 자르르 흐르는 참기름 종지를 소년이 들고 왔고 참기름 할머니와 식당 아저씨의 진짜가 가짜 같고 가짜가 진짜 같고 진짜와 가짜에 대한 상호변론이 계속된다.

"워메 참으로 이상도 하구만요. 이건 숫제 가짜니께 6천원에 샀는갑네요. 내 것도 7천원에 줄테니께 한 되라도 팔아주시오. 내 것은 진짜나 진배 없는 참기름이요."

"진짜 가짜가 어디 있소. 다 뻔한 게지 뭐. 6천원짜리나 7천원짜리나 오십보백보지 별 차이가 어딨겠소."

그러자 그 참기름 할머니는 무슨 생각을 했음인지, "이 집 아저씨는 되게 짜서 우리 같은 할망구는 장사해서 입에 풀칠하긴 다 글렀다니께…." 하면서 결국 6천원 받고 한 되를 팔고 있었다.

무언의 설법

요즘 조계사 뜰에는 새벽마다 누가 뿌리고 가는지는 모를 일이나 종이 몇 장씩을 줍게 된다. 관심이 있어 줍는 게 아니라 일찍 일어나 도량을 산책하다보면 청소하는 심정으로 줍게 된다.

그 종이에는 "불교를 믿으면 구원이 없습니다. 오직 예수님을 믿어야 영생을 얻습니다."로 시작된 조잡하기 이를 데 없는 내용의 글이 가득 담겨 있다. 그런데 그 새벽에 뿌린 종이 속에는 부처님도 믿으면 안 되고 천주님이나 마리아도 믿으면 안 되는 것으로 되어 있는데, 오로지 예수님 부분에서는 관용을 베풀어 찬탄과 구원이 약속되는 것으로 매듭지어져 있다.

천주님은 하느님을 의미하는데 예수님의 어머니인 마리아마저 혹독하게 비판하고 오로지 예수님 선전에만 혈안이 되고 있으니 진정 딱하고 측은한 무리들이 아닐 수 없다.

"길이 아니거든 걷지를 말고, 말이 말 같지 않거든 탓하지 말라"는 옛말이 있다. 행위와 내용에 있어 지극히 조잡하기 이를 데 없는 조계사 뜰의 새벽마다 출현하는 종이에 관해 흥미도 없고 관심도 없다. 내용이 어느 정도 갖추어져 있어야 촌평이라도 하고픈 마음이 내킬 것이나, 길이 길 같지 않고 말이 전혀 말 같지 않아 부처님을 욕되게 하고 천주님을 혹평하는 가증스런 용기에도 담담할 따름이다.

그러나 승복을 입고 있는 스님이 분명한데도 '00님을 믿으십사' 하는 무리들이 종종 얼굴색 한 곳 붉히지 않고 나타나는가 하면, 사찰의 큰 행사가 있을 경우 절 입구에서 불교신도들에게 '00교 선교 전단'을 배포하는 경우도 심심찮게 보여주고 있는 실정이니 그 요란스런 용기와 조잡성에 대해 할 말을 잃고 있었을 따름이다.

큰 사찰의 입구에는 불이문(不二門)이라는 건물이 있다. 진리는 둘이 아님을 상징하여 무언(無言)으로써 설법(說法)하고 있음을 알아야 한다.

종교 신앙의 궁극적인 목표는 상대 유한의 세계에서 절대 유한의 세계를 추구하는 데 있을 것이요 이고득락(離苦得樂)이 신앙인들의 일상적인 바람이다. 어느 종교를 믿든 신앙인의 마음 자세와 실천하는 행동력에 있어 구원과 절망이 교차될 뿐 결코 어느 특정 종교를 믿어야만 구원이 빠른 속도로 다가선다는 이론에는 쉽게 동조자를 만날 수 없는 것은 뻔한 일이다.

순수한 신앙 그 자체를 극성과 요란한 몸짓으로 싸구려 물품을 강매하듯 하는 강요에 의해 정해질 일은 아닐 것이다.

더욱이 조계사에는 조계종 중앙본부 건물인 총무원이 자리하고 있는곳이다. 새벽마다 부지런하게도 조잡스런 행위를 끈질기게 보여주는 무리들에 있어 '불이문'에 대한 교훈을 귀띔해주고픈 마음이 간절하다.

나의 종교와 신앙이 귀중하면 남의 종교와 신앙에 대해서도 지켜야 할 예의는 있는 법이다. 서로 존중하여 대화하며 남의 종교도 나의 종교같이 결코 비방하거나 혹평하지 말 일이다.

행복을 가꾸는 마음

불교에서는 우리가 살고 있는 세계를 '사바세계(娑婆世界)'라고 한다. '죽음이 그리고 불결한 내음이 가득 찬 세계'라는 뜻이다. '고해(苦海)'라는 말도 있다. '중생들이 생사의 바다에서 끊임없이 표류하며 방황하고 번민하는 괴로운 바다'라는 뜻일 게다. '화택(火宅)'이란 말도 있다. 탐내고 성질부리며 어리석은 생각이 마치 불길 같아서 활활 타오르는 탐·진·치 삼독(三毒)의 본능적 욕구의 불길이 쉼 없이 타고 있는 우리의 일상적인 현실을 불 붙는 집에 비유한 것이다.

또한 불가에서는 '인생무상(人生無常)'이란 말도 즐겨 쓴다. 우리가 살고 있는 세상은 항시 상대적이어서 절대적인 영원한 것이 존재할 수 없으며 마치 풀 끝에 맺힌 이슬과 같이 지극히 짧은 삶이 우리네 생이요 찰나지간에 쉼 없이 변하고 바뀌어지며 늙고 병드는 것이 우리네 죽음에 이르는 정해진 제도이겠기 때문이다.

사람이 오래도록 그 생명의 긴 몸부림을 세상에 박아놓으려

갖은 애를 써도 90을 넘기기 지극히 어렵다. 설령 90을 넘겨 100세에 이른다 하더라도 이미 삶의 의욕과 기쁨을 상실한 시명왈(是名曰) 사람일 뿐이요 사람 구실이 불허되는 죽음 저 쪽의 그것이나 다를 바 없는 삶일 게다.

늙고 병드는 과정에 있어 소외감과 심한 추위를 때로는 강하게 느껴야 한다. 적당히 속이고 적당히 속아사는 우리네 삶의 모퉁이에서 희로애락의 순간순간의 노예 되어 방향감각마저 상실하고 육근(六根)의 지엽적인 향락의 환화(幻化)를 탐닉하고 있음이니 늙고 병드는 것이 어찌 육체뿐이랴?

순간순간 밉다가도 곱게 느껴지고 사랑이 증오로 변모하며 요즘엔 신앙마저도 몇 번이고 분위기 따라 바꾸어갈 수 있듯 정신적인 육도윤회를 결코 사양치 않는 그런 세태요 풍토이다. 그러므로 육체는 세월에 늙어가고 정신은 세태에 병이 들고 있는 현실이다.

그러나 한 생각만 돌이키면 번뇌가 보리요 중생이 부처이며 예토(穢土)가 정토(淨土)이다. 미운 자도 보내고 나면 울컥 서러워지듯 세상을 바람처럼 엮어나가는 과정에 있어 마음 다스리는 법을 배우고 익혀 미움보다는 연민의 정으로 원망보다는 자책의 기회로 절망보다는 항시 희망의 내일이 있음을 자각하며 살 일이다.

세상이 덧없이 무상하며 일상의 삶 그 자체가 고통으로 가득하다 하더라도 전쟁 중에서 유머를 잃지 않는 영국의 병사처럼 조금은 넉넉하게 조금은 여유있게 때로는 울먹이다가도 휘파람을 날리며 살 일이다.

누군가를 위하여 하루에 한 차례쯤 감사의 기도를 올릴 수 있고 누군가를 위하여 잠자리에 들기 전 눈밑 그늘을 때로는 촉촉이 적실 수 있게 그리운 자 한 사람쯤 멀리 두고 그리워하며 살 일이다. 행복이란 결코 저절로 생기는 것이 아니라 만드는 것이며 가꾸는 것이기 때문이다.

구속복과 해탈복

달빛이 곱다. 음력 열하룻날 밤의 달빛인데도 보름달만큼이나 곱고 환하다. 은은한 달빛이 온 산천을 하얗게 물들이는 밤일수록 산에 사는 즐거움이 잔잔하게 온몸 가득히 물보라처럼 물안개처럼 배어든다.

방 안에서 책상 앞에 정좌하여 설령 불경(佛經)을 읽는다 하더라도 달빛의 은근한 유혹이 창호지 문틈 사이로 스며들면 나는 슬며시 밖에 나가 뜰을 거닐며 산에 사는 혼자만의 기쁨을 만끽하고 있다.

달빛에 반사되어 감나무의 무성한 잎들이 은물결을 이루고 산등성이의 새까만 준령들이 마치 거대한 황소가 여러 마리 누워 있는 듯한 모습으로 다가선다.

석불전(石佛殿)으로 오르는 돌계단에 턱을 괴고 앉아 산사의 달밤 정경을 무심으로 읽다보면 몸과 마음이 더할 수 없이 상쾌해진다.

이곳은 어떠한 연유에서인지는 모를 일이나 여름 내내 뱀이 없고, 모기가 없는 곳이다. 뱀은 1년에 한두 마리 만나면 많이 만난 것이요, 모기 소리는 가끔 들을 수 있으나 이곳 모기는 한결같이 평화주의를 지향하는지 공격할 줄을 모른다. 그런 데다가 밤 9시쯤 되면 내려간 기온 때문인지 더욱 무기력해져 자취마저 찾기 힘들 정도이다. 그러나 모기와 뱀은 없으나 산새들과 매미 소리는 새벽예불이 끝날 무렵부터 요란스러울 만큼 분주하다. 크낙새를 꼭 닮은 새들 그리고 희귀종의 갖가지 새들을 이곳에서는 자주 만나게 된다.

산이 좋아 산에 산다는 것은 어떤 의미로든 기분 좋은 일이 아닐 수 없다. 저러히 달빛이 은근하게 곱게 내리는 밤일수록….

이따금 두견새의 '소쩍 소쩍' 하고 울어대는 울음소리가 앵무봉 부근에서 울려오는 걸로 보면 밤이 깊었는데도 두견이는 아직도 제짝을 찾지 못해 밤하늘을 배회하며 저리도 방황하고 있나 보다. 소쩍이란 녀석도 저러히 밤이 되면 짝을 찾아 이 산 저 산으로 날아다니며 반려자를 목청 높여 부르는데 하물며 만물의 영장인 인간이 어찌 때때로 여린 감정인들 흔들거리지 않을 수 있겠는가.

그러나 수행자일 경우 첫째도 극기(克已)요 둘째도 극기일 뿐, 빈틈이 용납되지 않는 세계이다. 오히려 인간적인 바람의 몸부림을 안으로만 곱게 빗질하며 길들이며 마음의 안정을 육체의 시련 속에서 찾아나서게 되어 있다. 독신자들의 수행생활이란 그러므로 말이 쉽지 얼마만큼 어렵고 험난한 길인지는 직접 체험하지 않은 자로서는 상상할 수도 없을 정도이다.

행동 한 점 말 한 마디에도 수행자의 경우 책임이 뒤따르기 마련이며 일상생활에 있어서도 걸러내고 다듬어낸 언어와 문자와 행동만이 허용되고 있음을 볼 수 있다. 그러므로 스님들이 입는 옷을 일부에서는 구속복이라 칭하고 있을 만큼 일단 승복을 입게 되면 세간지사에 있어 일체의 행동 반경이 좁아짐은 물론 행동과 언어에 있어 스스로 제동과 제한을 받게 되어 있다. 대자유를 지향하며 해탈과 열반을 궁극의 목표로 추구하는 구도자들에 있어 승복이 구속복으로 느껴짐은 물론 초발심자들의 덜 성숙된 몸짓에서나 있을 수 있는 일이겠지만, 아무튼 승복이 어떤 의미로든 하나의 구속복임에는 틀림없는 일이겠다.

아무튼 산이 좋아 산에서 사는 산사람의 경우 승복이 때때로는 구속복이 될 수도 있겠으나, 산계곡을 오르내리며 산에서 사는 즐거움이란 언제이고 다함이 없어 지극히 좋다. 오늘 낮에만 하더라도 한적하고 그늘진 계곡을 찾아 밀린 빨래를 하고 있는데, 먹뻐꾸기란 녀석이 '뻐꾹 뻐꾹 먹뻐꾹' 하고 울어준다. 빨래를 하다 말고 계곡물에 발 담그고 잔잔한 기쁨에 깊게 취하여, 안다성의 '바닷가에서'를 늘어지게 뽑아올리기도 하였다.

승복을 구속복으로 생각하면 생각 자체가 답답함을 더해 올 것이 분명하지만, 해탈복으로 생각하면 그 순간부터 마음이 떳떳해지고 당당해지기 마련이다.

한국인의 의식

해외 장기 체류나 유학의 길에서 돌아온 사람한테서 흔히 듣는 이야기가 있다. 바다 건너 타국의 땅에서 생활하다 보면 때때로 향수에 젖기 마련인데 그때마다 한국인의 땀 냄새, 두엄 냄새, 마늘냄 새가 그리워진다고 한다. 심지어는 한국 특유의 뒷간에서 맡을 수 있는 냄새까지도 향수병에 끼어 있다고 한다.

나라 밖으로 나들이를 해봐야 애국심이 더욱 고조되고 한국인의 존재 가치에 대해 목까지 차오르는 진한 설움과 소외감을 절감케 된다고 한다.

한국인! 우리는 누구인가? 우리의 뿌리, 우리의 색깔, 우리의 목소리는 어떠한 것이며 우리의 무게와 우리의 현주소는 어디쯤에 머물고 있는지 점검하고 반성해볼 일이다.

열화당에서 펴낸 『한국의 도깨비』란 책에서 이 땅의 도깨비 특성에 대해 말하고 있어, 여기에 간추려 옮겨적는다.

한국의 도깨비는 도와줄 때는 도깨비불 커지듯 도와주나, 미워하고 돌아설 땐 '도깨비 심술'이란 속담이 생길 정도로 심술이 대단하다. 일확천금을 바라는 마음, 아무도 모르게 마음껏 권력을 휘두르고 싶은 마음이 바로 도깨비 이야기를 만들어냈다. 어여쁜 여인에 고래등 같은 기와집, 산해진미에 금은보화를 얻고 싶은 세속적인 욕망이 도깨비 방망이와 남의 눈에 보이지 않게 되는 도깨비 감투를 만들어냈다고 적고 있다.

아무튼 이 땅의 도깨비는 이 땅의 백성들이 남긴 한(恨)의 이야기이며 욕구충족의 드라마이자 가해의 역할을 해학으로 보여주는 서사시이다.

시대적 성향

주위환경과 여건이 순조롭고 순탄한 여정을 엮어온 사람이라도 한두 번의 깊은 절망과 죽음까지도 생각할 만큼 좌절감을 느끼기 마련이다. 어떠한 역경과 시련이 없이는 인간으로서의 형성되어야 할 인격과 고집과 집념과 이해하는 마음이 결코 넓거나 깊어질 수는 없는 것이다. 새장에서만 자란 새는 구천(九天)의 창공을 나는 기쁨을 알지못하고 온실에서만 자란 꽃나무는 인동(忍冬)의 아픔과 봄날의 속살 터지는 환희를 결코 체험할 수 없는 것이다.

인생을 엮어가다 보면 때로는 탈자(脫字)와 오자(誤字)가 비롯될 수도 있겠으나 생활과 생활의 행간(行間)과 행간 사이에서 비늘을 벗고 비상하는 기쁨도 찾아나서야 한다. 젊음 그리고 생명이 있는 한 우리의 오늘은 내일을 성공으로 이끌 수 있는 튼튼한 연결고리이자 항시 새로운 출발을 의미하는 희망의 새벽 종소리이기 때문이다.

젊음이 있는 한 생명이 남아 있는 한 뛰고 또 뛰는 거다. 신바람나게 신명이 들린 듯 뛰는 거다. 지쳐 쓰러지면 오뚜기가 되어 다시 일어나고 한 호흡 한 박자 쉬어 다시 뛰고 또 뛰며 죽는 날까지 뛰는 거다. 결코 후회일 수 없게 뛰는 거다. 좌절과 절망을 넘어 뛰는 거다.

예수님의 부활은 우리 모두에게 새로운 도전과 결의를 다지게 하는 희망 그 자체이며, 왕위를 버리고 출가하는 싯다르타의 해탈 정신은 새로운 탈출과 출발을 의미하는 우리 모두의 용기이자 모험심을 일게 하는 교훈적인 일들이 아닐 수 없다.

땅에서 쓰러진 자 땅을 짚고 의지해 일어나듯, 불에서 망한 자 불에서 다시 환생할 일이며, 물에서 죽은 자 물에서 다시 부활해야만 한다.

끈끈하고 근성 있게 넉넉하고 여유 있게, 당당한 자세로 삶의 영역을 넓혀갈 줄 알아야 한다. 자신감이 있으면 성공할 것이요, 주저하거나 망설이면 버스는 떠나고 만다.

기회는 오는 것이 아니라 스스로 만들어가는 사실을 망각하지 말 일이다. 우리는 걸리버의 여행에서처럼 소인국에도 가야 하고 대인국에도 도전해야 한다. 작은 일이라 하여 결코 가볍게 받아들이지 말 일이며, 큰 일이라 하여 겁을 먹거나 두려워하지 말 일이다.

그래도 때때로는 맹물을 마시고도 취할 것 같고 여전(旅錢) 한 닢 마련 없이도 어디론지 훌훌 떠나고 싶은 호기심과 불만과 권태를 느끼지 않을 수 없는 일이다. 그러나그런 때일수록 더 높이 더 넓게 더 깊이 도약할 수 있는 그 날의 승전고를 울리기 위해 지금은 참아야 한다. 견디어야 한다. 갈증을 이겨내야 한다.

나의 경우 진학의 꿈이 좌절되어 절집에 온 후 글 쓰는 고된 작업에 미쳐 구두닦이, 신문팔이, 넝마주이, 엿장사에 이르기까지 인생의 가장 밑부분만을 몸으로 부딪치며 체험하여 극기해왔다. 수도의 길은 험하고 고난의 연속인 것이다. 끊임없이 아마도 모진 나의 이 그림자를 이 세상에서 마지막으로 거두어들이는 그 순간까지 자신과의 싸움이 앞으로도 계속될 줄 안다. 극기에서 극기로 이어지는 싸움의 연속이 수도자의 길이자 독신 승려의 아픔의 길인 것이다.

그러나 나는 잘도 견디어왔다. 신문팔이, 구두닦이, 넝마주이, 엿장사에 이르기까지 경험한 것을 조금도 부끄럼 없이 이렇게 밝혀놓을 만큼 나는 싸우고 노력해 문단에 등단한 시인이 되었고 불교신문사에서 편집국장, 주필, 주간, 부사장까지 역임했다. 현재는 단풍으로 널리 알려진 내장산 내장사의 주지로 머무르고 있다,

승려가 승려답지 않게 지극히 속되고 촌스럽게 자기 자랑을 한다고 거부 반응을 보일 분이 계실는지 모르나 불행했던 과거를 오기로 노력하고 정진해 오늘의 영토를 넓혀온 내 전력(前歷)이 누군가에게 도움이 될까봐 피력했으니 다른 오해 없길 바란다.

우리는 오늘의 주인공이다. 결코 엑스트라일 수 없다. 셰익

스피어는 '인생은 연극'이라 했지만, 세상이 커다란 무대요 인생 그 자체가 연극일 바에는 결코 한 쪽 모서리를 잠시 스쳐가는 한 점의 연약한 바람이 되지 말 일이다. 회오리바람이 되고 때로는 태풍의 눈이 되어야 한다. 세상을 자신 있게 사는 거다. 넉넉하게 여유롭게 당당하게사는 거다.

문을 두드리기만 해서는 아니 된다. 이미 문은 열려 있는 것이다. 두드리며 기다리는 그 마음이 또 하나의 문을 만들고 있음을 명심하고 명심할 일이다.

우리는 승리자이다. 누구나 승리자가 될 수 있다. 다시 새롭게 출발을 하는 거다. 나팔을 불며 북을 울리고 보는 거다. 밝은 내일을 향해….

저무는 길목에서

한 해가 저문다. 한 해를 마무리하는 마당에서 지극히 할 말이 없는 것은 지극히 할 말이 많은 것이다. 가볍게 입을 열면 그 입이 열린 순간 느낌은 죄다 거짓이 되고 마는 것을….

진짜 언어는 느낌이다. 진짜 웅변은 침묵이다. 언어 이전에 눈으로 말하고, 눈으로 말하기 전에 마음끼리 통하며, 마음이 마음을 부르기 전에 느낌이 온몸 가득히 실안개처럼 피어오르고 있는 것임을….

그렇다 하더라도 마지못한 방편으로 입을 열어보자. 세월은 죽음 촉진제이며 나이는죽음 앞에 지불할 한갓 지폐인 것을….

죽음은 결코 두려운 존재일 수 없고 늙음은 한스러운 아픔이 결코 아니다. 늙을 때가 되면 곱게 늙을 줄 알고, 죽을 때가 되면 떳떳하게 죽을 줄 알자. 마스카라 따위로 속눈썹을 길게 한들 늙음이 더디게 오며 주름 잠재우는 수술을 골백번 한들 죽음이 어디 더디 오라.

세상을 살다보면 무료하게 느껴지고 때때로 허탈감을 느끼는 게 사실이나, 그렇다고 하여 손톱에 염색하고 디스코 머리로 한껏 모양을 내어본들 하루는 24시간이며 어김없이 해는 지는 것을….

하기사 토라지고 미워한들 그게 어찌 죄가 되며, 분노하고 증오하는 것 빼면 세상 살맛 어디 있겠는가. 미운 놈 밉다 하고 고운 놈 곱다 하며, 목이 마르면 물을 마시고 졸음 오면 잠을 자며 산은 높고 강은 저러히 깊은 것을….

마치 굴원의 〈어부사(漁父辭)〉에서 만나는 구절처럼, 창랑(滄浪)의 물이 맑으면 그 물에 관의 끈을 씻으면 될 것이요 만약에 물이 탁하면 그 물에 발을 씻으면 되지 않겠는가.

'이래도 한 세상 저래도 한 세상'인데 몸살 앓으며 마른 기침만으로 엮어갈 수는 없는 거다. 육체와 정신을 조화롭게 다듬으며 때로는 시를 읽고 때로는 땀 흘려 노동하며 타인들에게 피해를 주지 않는 한 호호탕탕하게 사는 거다.

본시 나의 얼굴은 시력이 나쁜 사람이 멀리서 봐도 실패작임을 쉽게 짐작할 수 있을 만큼 빼어난 용모가 아니라서 거울을 잘 보질 않는다. 어쩌다 거울 속의 나를 보게 되면 소크라테스처럼 한바탕 웃어주어야 할 의무감 비슷한 비애를 느끼곤 하는데, 요즘 와서는 참으로 철저히 야무지게 늙어가고 있음을 깨닫곤 한다.

그래도 아침이 되면 일어날 줄 알고 밤이 되면 잠자리에 들 줄 알며 배가 고프면 밥을 먹고 목이 마르면 물을 마시며 산다. 남이야 뭐라 미주알고주알 하든 말든, 손가락질 입방아질에 바쁘든 말든, 급하면 거친 성격에 불이 붙고 잠잠할 땐 잔잔한 미소를 안으로 흘리며 빈 원고지 칸을 만나러 간다.

부처님 말씀처럼 한 컵의 물맛을 어찌 글과 말로써 표현할 수 있겠는가. 한 해가 가면 또 한 해가 오는 것을, 능청 떨며 계산을 일삼을 필요도 없는 거다. 나의 나이가 환갑이 되고 고희가 된들 어떠하랴.

나는 나요, 그 누구도 나일 수 없는 것을….

나를 대신해 그 누가 물을 마신들 내가 시원할 리 없는 것을….

공작이 깃털을 세워 아름다움을 한껏 뽐내보듯 어리석은 행동도 때로는 약이 되고 위안이 되는 것을….

나이테 둘레에 모여드는 비늘을 벗기는 아픔이 때로는 언젠가는 다가올 나의 영정에 점안(點眼)할 수 있는 힘이 될 수도 있는 것을….

아름다운 것은 항시 부족하고 넘치는 것은 언제나 천한 법이다. 한 박자만 더디게 하면 현명한 결과가 보석처럼 박혀온다. 가진 자 없는 자를 결코 차별하지 말 것이며 느낌이 살아 있는 언어로써 가슴으로 살 일이다. 베풀면서 살 일이다.

아무리 우쭐대어봐도 빈 쭉정이뿐인 삶이지만, 찌꺼기 그 부분부분에서도 세상 살 맛과 보람은 깃들어 있는 거다.

진정으로 춥고 배고픈 것은 빵 한 조각이 아니라 대화가 없고 이해가 없는 삶이다. 혼자 있을 때의 외로움은 차라리 기다림이라도 있어 견딜 수 있으나, 둘이 있을 때의 마음속 녹지 않는 외로움은 절망 바로 그것임을 알 것이다. 그러므로 나는 안다. 알아야 한다. 내 인생 어느 곳을 살펴보아도 빈 들녘 바람소리뿐 알맹이를 만날 수 없는 삶인 것을….

사는 게 사는 것이 아니요 죽는 게 죽는 것이 아니라면 종교는 애매하다. 사는 것은 사는 것이요 죽는 것은 죽는 것이다.

그러므로 어제나 그제나 다름 없는 날인데도 1년의 마지막 날이라 하여 취할 수 있는 권리를 찾아나서지 말 일이며, 새해 새 아침이라 하여 희망에 부풀어 쉽게 절망의 병을 앓지 말 일이다.

콩나물 가격을 50원이라도 깎는 알뜰이가 런던포그의 오리털 파카를 사는 데는 정찰 가격에 시비 없이 산다. 이처럼 허점투성이인 것이 우리네의 삶이다.

세상은 커다란 무대이다. 커다란 잔칫상이다. 잔칫상에는 사발도 주발도 종지그릇도 다 쓸모 있는 법, 때로는 실수도 가볍게 하며 비틀거리며 맹물을 마시고도 취한 기분으로 사는 거다.

세상은 살면 까짓것 얼마나 살겠다고 산계곡 그 청청(靑靑)한 솔빛바람을 멀리하고 한양에만 살고 있는지 현주소를 점검해 볼 일이다.

염화실 탐방

열린 눈 멀어 가거라

경봉(鏡峰) 대선사 편

○ 편찮으신데 엉뚱하고 미운 질문을 드리기 위해 왔습니다. 할(喝, 큰소리)을 하시거나 봉(棒, 몽둥이)을 쓰시거나 어려운 한문 게송(偈頌)으로 답해주시면 저의 질문시간이 지루하도록 길어집니다. 저는 본시 솔찬히 어리고 둔한 더딘 놈이오니 이 기회에 개안(開眼)시켜 주셨으면 기쁨이 산덩이 같겠습니다.

"눈 뜬 자가 또 눈 뜰 수 있나? 참, 조건도 많네. 그래, 동지죽은 묵었나?"
불청객이 큰스님을 뵈러 간 날이 동짓날이라서 예사로이 생각하고 "예, 먹었습니다." 했더니만,
"동짓죽 맛이 어떠하더노?"
기자가 막 입을 열려 하자,
"이 촌자(村者, 촌놈)야, '열린 눈[開眼]' 멀어 가거라."
이쯤 되면 질문드리기 위해 찾아뵈러 간 놈이 오히려 큰스님의 질문[法音]에 눌려 귀 먹고 두 눈 잃고 있으니 울어도 일생

을 목이 터져라고 다리 뻗고 울 일이 분명해진다.

○ 제가 군에 있을 때 또렷이 한 경계(境界)를 얻었어요. 전생도 없고 내생도 있을 수 없으며, 사후의 극락과 지옥 운운은 물론 육도윤회설(六途輪廻說)마저 우는 아이 달래기 위한 초콜릿 과자 같은 방편 법문으로 받아들이고 있는데요. 스님께서는요?

"또렷한 경계 두 번 얻으면 큰일 날세, 요놈아!"
가까이 오라기에 좋아라고 가까이 다가갔더니만 손바닥을 펴라신다. 영문도 모르고 손바닥을 펴자마자 '탁' 하며 큰스님의 손바닥이 향봉이의 손바닥을 친다.
"방금 무슨 소리가 났제. 방금 소리 난 그놈을 잡아와봐라. 한 경계 얻은 생짜배기 촌자야."
소리 찾는 시늉을 하며 방바닥을 엉금엉금 기어보려다가,

○ 큰스님! 손바닥 친 것은 뜻을 알 바 없으니 시원 통쾌하게 말씀해주십시오. 사후에 세계가 있습니까, 없습니까?

"있다 해도 옳지 않고 없다 해도 옳지 않다. 종사(宗師)한테는 그런 걸 묻는 게 아냐?"

○ 어떤 분이 종사입니까?

"도를 아는 게 종사다."

○ 그럼 어떤 것이 도(道)입니까?

"밥 먹고 잠 자고 똥 누는 게 도다."

○ 저도 밥 잘 먹고 잠 잘 자니 종사입니까?

"밥 먹고 잠 자되 먹고 자는 그놈을 알아야 한다. 여길 보아라. 이게 손가락이지? 그래, 방금 '예' 하고 대답한 그놈이 무엇인 줄 아나, 모르나? 요것도 모르는 놈이 내생이 있느니 없느니 하지 마라. 스님 옷 입고 그런 소리하면 되겠나?"
그렇다. 큰스님 말씀이 천백 번 옳으신 말씀이다. 평상심(平常心)이 시도(是道)인 줄은 누구나 말할 수 있으나, 똥 누고 밥 먹는 평범한 생활 그 자체가 도요, 낙(樂)임을 깊이 느끼고 지니어 가지기란 실로 어렵고 고된 작업이 아닐 수 없다. 이 기회에 두 눈 딱 감고 엉뚱한, 질문이 아닌 질문을 드려보는 거다.

○ 스님께서 아파 계실 때와 건강하실 때와의 경계가 하나입니까, 둘입니까?

"여시(如是), 여시다."

'여시'란 옳다는 말이다.

○ 스님께서 열반에 드실 때 우시겠어요, 웃으시겠어요? 이 세상에서 마지막으로 그림자 거두어 가시면서 남기실 표정을 미리 저에게만 귀뜸해주세요.

"야! 요놈 봐라. 죽을 때 너에게 전보 칠 테니 와서 지켜보려무나. 하하하."

노선사의 환히 웃으시는 모습이 어찌나 좋은지 큰스님의 손을 만져보고 싶다 했다.

○ 제가 듣기엔 큰스님께서는 타심통(他心通)하신 도인 스님이라고 소문나 있던 데요. 정말 타심통하셨으면 저의 이 성질 급하고 고약한 맘 좀 고쳐주세요.

"그래, 그래. 니 고약하다는 마음 한 번 구경하자꾸나. 그래야 고쳐주지. 하하하. 타심통은 네가 한 게로구나."

○ 스님께서 열반하신 후 사리가 나올까요?

"나오면 좋겠나, 안 나오면 좋겠나? 봐라 이 촌자야! 삼라만상의 일월성신이 사리 아닌 게 어디 있노? 우주 전체가 커다란 사리알임을 아나, 모르나?"

그렇다. 이 글을 읽는 독자여! 이게 바로 살활자재(殺活自在)의 대해탈자의 법음(法音)이며 생명의 진언(眞言)이며 우주의 소리임을 오래도록 기억해두자.

○ 때때로 저는 여자도 만나고 싶고 술 생각도 없지 않은데요. 저 같은 젊은 스님들을 위해 경책의 말씀을 들려주셨으면 하는데요.

"경계가 허술한 집에 도둑이 들고 거울에 때가 끼어 있으면 사물이 뚜렷치가 않는 게야. 마치 빈집 뜰에 잡초가 무성히 돋는 것처럼 모든 방황과 고통은 주인공을 잃고 남의 정신에 살고 있기 때문이다."

○ 거듭 또 말씀드리게 되는데요. 이 생명은 오직 단 하나 결코 내생으로 이어져 연장될 수 없다는 생각이 깊은데요. 제발 확신을 주십시오. 영혼이나 귀신 따위는 없는 거지요?

"물을 마신 자만이 그 물의 차고 더운 것을 아는 게다. 그러나 설령 물을 마신 자라도 입을 열면 물맛과는 십만팔천리야. 알겠지? 부처님 말씀을 믿도록 해라. 그런 소리 또 한 번

하면 안 된다."

스님께 큰절을 세 번 드린 후 밖으로 나오려다 스님의 연세를 여쭈어보았다. 뭔가 후련한 마음으로….

"전삼삼(前三三) 후삼삼(後三三)이야."

'전삼삼 후삼삼'을 향봉이가 알까? 이 글 읽는 독자가 알까? 알아도 30봉(棒)이요 몰라도 30봉이면 까짓것 눈 멀고 귀 먼 채로 무사태평가(無事太平歌)를 불러보면 어떠하랴? 이 세상을 멀리하면서까진 살아갈 필요는 없을 게다.

〈82년 7월 어느 날 열반에 드셨음.〉

달은 하나지만 열 개의 그릇에도

구산(九山) 대선사 편

조계산 조계총림 송광사의 서울분원인 법련사에 기자가 찾아들자, 법회가 막 끝나가는 듯 '석가모니불' 정근 소리만 온 도량에 울려퍼진다.

법련사는 본디 어느 신도님댁이었으나 신도분의 유언에 의해 송광사 분원으로 그 신도분의 이름을 본따 법련사로 불리어오고 있는 모양이다.

좁은 법당에 신남신녀(信男信女)들이 빽빽하였고 뜰에까지 신도분들이 줄지어 가득하였다. 한참을 밖에서 서성이다가 법회가 끝난 뒤 스님을 뵙기 위해 스님이 계신 방에들어서자마자 큰스님의 법음일성(法音一聲)이 어머님의 숨결처럼 와닿는다. 이 글을 읽으며 성급한 어느 독자분은 큰스님께서 할(喝)이나 봉(棒)을 기자에게 쓰신 걸로 고소하게 생각할는지 모르겠으나 천부당만부당한 말씀이다. 왜인고 하면 백목단 꽃잎 같은 스님의 미소가 사란초(事蘭草) 향내음보다는 더욱 깊숙이 탐문객의 흐린 안계(眼界)를 밝혀주었기 때문이다.

○ 큰스님의 미소는 저희에게 활안종사(活眼宗師)의 커다란 화두(話頭)이자 봉과 할이 될 수도 있겠습니다. 그러나 저는 어리고 더딘 멍멍대는 강아지에 불과합니다. 미소 밖의 또 다른 법음을 들려주십시오.

"불불불상견(佛佛不相見)이야 석류수불류(石流水不流)하고 명월조처유(明月照處幽)일 뿐."
풀어쓰면 다음과 같은 뜻이 되리라.
"부처는 부처끼리도 보질 못하는 거다. 돌덩이는 흐르고 물은 흐르지 않도다. 달빛이 곳곳에 비추니 그 빛이 마냥 깊도다."

○ 할을 하면 석가요 봉을 쓰면 달마입니다. 봉과 할을 떠나 한 마디 이른다면 마왕 파순임이 분명합니다. 큰스님께서는 이 자리에 이르러 어떻게 하시겠습니까?

기자의 당돌한, 질문답지 않은 질문에 스님께서는 미소로 답하시며 눈을 한 번 깜빡여주신다. 묵연안미소(墨然眼眉笑)로 뒷덜미를 난타질한 그런 격이다.

○ "천강유수(千江流水) 천강월(千江月)"이란 말이 있습니다. 허공에 달은 분명히 하나인데 천 개의 강줄기와 만개의 물그릇에

또 하나씩의 달이 담긴다는 뜻이겠지요. 불교에서는 육도윤회를 주장하고 있는데, 모든 생명체의 숫자가 고정적인지 아니면 유동적인지, 그렇잖으면 단일체인데 복합적으로 용(用)이 되는지 알고 싶습니다.

"전류(電流)의 근본 요소는 하나겠지? 그런데도 천 개 만 개의 등이 되고 모양과 색깔에 따라 클 수도 작을 수도 있으며, 깜빡일 수도, 노랑·파랑·빨강불이 될 수도 있지 않나? 근본 요소인 체(體)는 하나여. 용(用)이 다를 뿐이지."

독자여! 큰스님의 이 전라도 사투리 섞인 크신 말씀에 의심이 확 풀리지 않는다면 답답한 일이 아닐 수 없겠다. 같은 뜻의 이야기를 한 번쯤 더 중복해드리겠다. 물의 근본 요소는 하나이다. 그러나 계곡과 물줄기에 따라 강할 수도 약할 수도 있으며, 폭포도 되고 도랑물도 된다. 다양한 물거품도 한갓 물의 그림자일 뿐, 물거품이 있다 하여 생(生)이 아닌 것이요 물거품이 사라진다 해서 멸(滅)도 아닌 것이다. 허공의 달은 하나인데 천 개 만 개의 물그릇에 담기는 것처럼….

○ '과거, 현재, 미래'라는 말이 있습니다. 말을 바꾸면 '전생, 현생, 내생'일 수도 있겠습니다. 우리가 현재 살고 있는 이 땅덩이의 현존세계를 떠나 따로 이 전생이나 사후의 세계가 있다고 믿는지 알고 싶습니다.

"솔직히 둔하군 그래. 일찰나에 구백생멸(九百生滅)이 있다지 않아? 선방에 다녔다는 수자(竪子)가 신문사에 가더니만 엉망이군 그래. 한 생각에 과거, 현재, 미래가 있다는 것쯤 알아야지…."

옳은 말씀이다. 천 번 옳고 만 번 지당하신 말씀이다. 부처님 말씀에 터럭구멍 하나에도 구 억 벌레가 산다고 했거늘, 부질없는 질문인 줄 알면서도 넌지시 짚어본 다른 손금이다.

○ 영화 본 자랑 좀 하겠습니다. 〈엑소시스트〉와 〈신(神)들린 여자〉를 보았습니다. 서양인들도 요즘 어지간히 심심하고 따분한지 환상(幻想) 세계의 허깨비에 불과한 귀신을 화면에 끌어들여 적잖은 흥행성을 노리고 있는 듯이 보입니다. 이 기회에 큰스님께서 귀신이란 있을 수 있는 것인지 선(線)을 그어주십시오.

"점점 바보스런 질문만 하는군. 집착하면 있고 무집착이면 없는 게지."

이쯤 되면 질문의 방향을 다른 곳으로 옮길 수밖에 없는 거다.

○ 『전등록(傳燈錄)』이나 『벽암록(碧岩錄)』을 보게 되면 조사(祖師)스님들의 선문답(禪門答)을 접하게 되는데, 선문답이란 극히 순화된 정신세계의 고도로 승화(昇華)된 재치 문답이요 위트로 받아들이고 있습니다

"의리선(義理禪)이여. 그것은 평상시도(平常是道)도 모르는 소리야."

무슨 질문을 드려도 시종일관 미소로 답해 스님의 옷곁에서는 후광보다도 짙은 그 무엇이 기자의 분주다망한 업장(業障)에 방하착(放下着)을 알려주시는 듯한 느낌이었다. 구산 대선사는 그대로 미소불임이 분명하였다. 후학(後學)을 위하여 말씀해주신 게송을 끝으로 여기에 옮겨놓는다.

위법망구(爲法忘軀)
귀각로동등피안(歸覺路同登彼岸)
반고향령광보조진대도(返故鄕靈光普照眞大道)
성체상존즉금강(性體常存卽金剛)

주위에서 항시 보고 느낄 거야

고암(古岩) 대선사 편

"네게 한 물건이 있으니 허공(虛空)보다 더 비었고 우주(宇宙)보다 더 크고 일월(日月)보다 더 밝아서 밥도 먹고 옷도 입고 다니고, 일하고 말할 줄 알되 볼 수도 없고 만질 수도 없는 이것이 무엇이지?"

고암 노사(老師)는 기자의 눈을 차근히 들여다보며 조용히 묻는다. 귀동냥한 지식으로라도 뭐라 대꾸해볼 것인가? 우선 자리를 고쳐앉았다.

"마음이지, 그렇지. 이놈을 잘 다스려야 돼. 그런데 그게 안 된단 말이지! 중생계(衆生界)는 분별경계(分別境界)에서 살아가느라 실(實)하기는 제일인 '문(門) 안' 일을 까맣게 제쳐잊고 '문 밖'에서만 맴돈단 말이지."

그래서 노사는 근래 법회에서 '심시불(心是佛)'을 넌지시 머리에 들추어낸단다.

굳이 선객(禪客)이 아니라도 '즉심시불(卽心是佛)'이나 '응무소주 이생기심(應無所住 而生起心)'쯤이야 잡아챙기지 못할 터 없겠으나, 대다수 불자들이 아직 그 경계에 있어 한참 거리도 있고, 그것은 크게 필요한 일이라고 노사는 보는 때문이다.

"알음알이는 안 것만 못해. 바로 알아야지. 면벽 몇 년에도 제 구실 못하는 게 다 그때문이야."

아는 데서 그쳐서는 안 된다는 뜻으로 이해를 해본다.

○ '깨쳤다'는 말이 있습니다. 그 길 또한 어떻게 접근할 수 있나요?

"선·악이 있는 줄은 알지. 아마 주위에서 항시 보고 느낄 거야. 그런 것처럼, '부처다, 깨쳤다'라는 게 어디 먼 데 있는 줄 아는 모양이야. 이 몸체를 이끌고 가는 데는 여러 갈래의 주인이 있겠지만 그 주체가 되는 마음중에서 선(善) 쪽으로 끌고 가는 그런 경계지."

노사는 차를 한 모금 들며,

"길 하나도 어렵지 않아. 계(戒) 지키면 돼!"

노사는 계첩을 서랍에서 들춰내어 일일이 설명해준다. 어찌나 자상한지 다소 긴장했던 마음이 조금은 가셔진다.

"잎이 나고 꽃이 피고 열매가 맺는 게 모두 인(因)이 있어서야. 이게 다 그대로 되는 건가? 육안(肉眼)으로 보이지 않지만 어떤 형태로든지 규율이 있어서 훌륭한 열매가 맺어지는 거지."

그러면서 눈을 지그시 감고 기자에게 또렷또렷 이렇게 일러 준다.

"주명앵아가 야래두견성(晝明鶯兒歌 夜來杜鵑聲)."

"어때 요즘철에 맞는가?"

철에 맞느냐는 뜻은 시적(詩的) 맛이 있느냐는 뜻인가! 해석은 군더더기!

마침 서(西)편에서 새소리가 들린다. 무슨 새인지….

○ 일전에 저희 신문에서 몇 가지 앙케이트를 내돌린 일이 있는데, '윤회를 믿느냐'니까 어쩐 일인지 어정쩡한 대답들이 많았어요. 책임자가 섭섭하다고 해요."

"나는 확신해. 중생계에서 인과는 말에 그치는 게 아니지. 인습도 그렇지! 무슨 운명처럼 주저앉을 게 아니라 끊고 잇고 하면 바꿔치기도 될 수 있다고 봐. 근본적인 것에 상치되지 않느냐고 할 테지만 불교는 고쳐나가는 좋은 점이 있는 게지."

며칠 전 불국사 선원 개원식 때 미스 최가 찍어서 전해주라고 한 두 장의 사진을 기자가 건네주려니, 그곳에서의 말씀을 들려준다.

"욕입불지(欲入佛地) 비선무문(非禪無門)이지! 참선, 참선해서 다들 야단들이지만 꼭 앉아서만 하는 건 줄 알아. 서고 걷고 하는 중에도 하는 게야. 명안종사(明眼宗師)가 많이 나서 선풍(禪風)의 해이를 막아야지!"

그러면서 계(戒)·정(定)·혜(慧)를 닦아야 할 것이라고 일러준다.

○ 사람들은 '영원'이란 말을 잘 씁니다. '영원히 사랑한다'느니 '영원히 살고 싶다'느니….

"불교를 알아보라 하지. 물론 궁극에는 깨치기 위해서…. 시간관념에 너무 얽매이다 보니 모두 그런 투일거야. 한 생각 뒤집고 보면 공간, 시간이 없는 건데…."

용성(龍城) 화상이 노사에게 전한 것으로 알려진 전법게(傳法偈)가 문득 생각난다.

"불조원불회(佛祖元不會) 도두오부지(掉頭吾不知) 운문호병단(雲門胡餠團) 진주라복장(鎭州蘿蔔長)."

노사에게 청하여 들은 우리말 풀이는 다음과 같다.

부처님과 조사가 원래 알지 못하고
머리를 흔들고 나도 알지 못하네.
운문에는 호병이 둥글고
진주에는 무가 길다.

"무 법문, 떡 법문 알지!"

○ 불자에게 한말씀을….

"화두를 드는 이는 철저하게, 염불이나 관음 주력을 외는 이는 철저하게! 대도(大道)는 뒤로 볼 때 열려 있지 앞으론 무문(無門)이지."

"황앵상수일지화(黃鶯上樹一枝花) 백로하전천점설(白鷺下田千點雪)."

대담이 끝난 후 기자에게 이 염송 한 구절을 일러준다.

참사람 정신으로 사는 법

서옹(西翁) 대선사 편

○ 오래 전에 신문에서 큰스님의 칼라사진을 보았습니다. 유달영 교수님의 〈양정(養正)의 승리수(勝利樹) 아래서〉라는 글도 읽었습니다. 사진에는 윤석중 씨와 손기정 씨 그리고 유달영 씨와 큰스님의 모습이 학교 건물을 배경으로 게재되었는데 양정 몇 회 졸업이십니까?

"아마 16회일 걸세. 유달영 씨가 나이는 나보다 한 살 위지만 학교는 1년 후배야."

○ 그러시면 큰스님께서 양정 시절의 유달영 씨의 학생 모습을 기억하고 계시겠네요?

"그럼. 학교 다닐 때 키가 조그마하고 영리했었지."

○ 윤석중 씨는 양정 재학시절에 이미 동요를 많이 발표한 걸로

알고 있는데, 왜 졸업식을 앞두고 졸업장을 받지 않겠다고 선언해 화제가 되었었나요?

"아마 일본인 선생들의 차별 교육에 대한 항변일 게야. 학교가 떠들썩한 사건이었지."

○ 손기정 씨는 베를린 올림픽에서 세계 신기록으로 마라톤에 우승하여 민족의 한(恨)과 울분을 잊게 하였는데, 큰스님께서는 그 당시가 재학시절이셨는지요?

"손기정 씨는 나이는 나하고 동갑이지만 나보다 늦게 학교에 들어왔어. 베를린 소식은 졸업 후일거야."

○ 큰스님께서 조계종 종정(宗正)으로 추대되시던 해에 펴내신 『임제록(臨濟錄)』을 즐겨 읽고 있습니다. 『임제록』에 대하여, 그리고 참사람에 대한 큰스님의 고견(高見)을 듣고 싶습니다.

"『임제록』은 예로부터 '선서(禪書)의 왕'이라고 일컬어질 정도로 존중받는 어록이야. 뿐만 아니라 이것은 인간의 근원적 주체성을 명백히 밝히고 자유자재로 행동하는 차별없는 참사람을 설파하여 동서고금을 통하여 제일 귀중한 진서(珍書)라고 생각해. 그래서 일본의 철학자 이시다 기다로 박사는 제2차 세계대전 중에 모든 귀중한 서적이 소진하게 되겠다고 걱정했을 적에 『임제록』만 타지 않고 남으면 우리는 만족해야 한다고 말한 적이 있었지. 프랑스 등 외국 대학교에서도 『임제록』을 강의하고 있다고 해.

참사람이란 눈 깜짝하지 아니하되 본래도 선과 악 또는 이성을 초월하여 생사도 없고, 시간과 공간이 거기에는 존재하지도 않음을 알아야 해. 근본원리라든가 신(神)이라든가 하는 것도 있을 수 없고, 부처도 있을 수 없는 자리, 여기에는 무한한 자기부정(自己否定)만이 지속되거든. 그렇다고 이 참사람은 죽은 것도 아니야.

이 참사람은 손가락 하나 까딱하지 않아도 본래 공간적으로 무변(無邊)하게 세계를 형성하고, 시간적으로 무한히 역사를 창조하는 거야. 정성(情性)과 이성(理性)과 영성(靈性)으로 역사와 문화를 창조하거든! 어디 그뿐인가. 중생도 부처도 만들고, 지혜와 자비가 충만한 불국토도 건설하지! 그러니 무한히 자기실현을 하고 무한히 자기창조를 하는 거야. 그러나 또한 이 참사람은 실로 모든 것을 창조하는 것도 아니요, 그렇다고 해서 모든 것을 파괴하는 것도 아니어서 필경엔 언제나 걸리지 아니하지!

이 참사람은 일정한 법칙에 얽매이지 아니하여 여러 가지 몸으로 어느 곳에나 자유자재로 활동하는 거야."

○ 오도적(悟道的)인 삶을 실증해 보이시면서 현대문명에 미치는 선(禪)의 역할에 대해, 그리고 과학문명과 임제선(臨濟禪)과의 문제를 말씀해주셨으면 합니다.

"인간의 근본구조는 많은[多] 것을 근원적으로 통일하는 하나와, 근원적 통일적 하나에서 창조 형성해지는 많음[多]이 서로 융화되기 때문에 둘이 아닌 거야. 많음이 없는 하나는 내용이 없는 단순한 허공이고, 하나가 없는 많음은 통일이 없는 단순한 분열(分裂)인 거야. 복잡화하고 정글화해서 근원적 바탕이 되는 하나를 상실한 것은 현대문명의 큰 병통이라 하지 않을 수 없지. 오늘의 분열, 혼란, 허탈, 불안정, 혼미, 회의, 노이로제 등 소위 문명병은 근원적 통일적 하나를 상실한 결과로 나타난 것이거든. 세상이 복잡해질수록 근본의 하나는 더욱 강하지 않으면 안 되지. 그런데 현대는 근본의 하나를 상실했으므로 인간들은 분열과 혼미와 불안정을 극복하지 못하고 원시적인 종교나 점술에 의지하게 되는 기이한 현상을 나타내게 되는 경우가 많아 걱정이 돼.

이 원시적인 종교나 점술은 임시 진통제도 못되고 더욱 더 분열, 혼미, 불안정에 떨어뜨려서 현대의 문명병통(文明病痛)을 치료하지 못하고 도리어 악화되어서 위험하게 된다고 할 수 있지.

여기에서 오로지 활로(活路)를 찾는다면 임제 스님의 참사람 정신을 구현하는 것이요, 실참수행(實參修行)하여 선(禪)을 생활화하는 방법밖에 없는 거야."

○ 선(禪) 하는 마음이 생활 바탕에 뿌리를 내리려 해도 인간의 근본 욕구의 온갖 충동질에 오히려 정신적인 혼란만 더해주는 느낌이 없지 않습니다. 큰스님께서 선의 생활화를 위해 본능적 욕구불만에서 해탈할 수 있는 지름길을 제시해주셨으면 합니다.

"복잡한 정글 속에 있는 오늘날의 일반 사람들은 주체성을 상실하여 그때그때 일어나는 욕망에 따라서 생활하고 있어. 욕망은 인간의 자연적 본성에 속한 것인 만큼 그 자체를 문제 삼을 것은 아니나, 이 욕망은 초월적 근원적인 차원의 전체적 연관 속에 있어서 체계적 위치에서 작용하지 않으면 안 되는거야. 그러나 일반의 근원적 바탕이 없는 욕망은 그 자체가 진실한 객관적 타당성이 아니거든. 그리고 욕망은 항상 욕구불만에 빠지고 욕망의 사람은 욕망에 사로잡혀서 주체성을 잃게 되는 거야. 욕망에 끌려서 사는 사람은 결코 주체성이 있다고 할 수는 없지. 욕망의 지배에 끌려서 사는 곳에는 자유가 없고 책임도 없는 거야. 아무 가치도 없는 생활이라고 할 수 있지. 욕망은 타락과 파멸의 늪으로 빠져가는 지름길일 수 있거든."

○ 동양은 예로부터 국가조직이 전체주의라고 알고 있습니다. 전체주의는 개인에 대하여 절대복종만을 요구하는 느낌이 많습니다. 그러므로 예전의 동양 역사에 있어 군주 독재제도의 흔적이 많이 발견되고 있음 또한 사실입니다.

백성을 근본으로 삼는 성군(聖君)의 덕치(德治)라 해도 위에서 아래로 향하는 수직선형의 정치체제 아래서는, 진충보국주의(盡忠報國主義)는 성행할지 모르나 자율적이요 자주적인 행동의 발생은 기대하기 어려울 걸로 생각하고 있습니다. 이에 대해 큰스님께서 국민 각자가 개성 있고 창의적인 뜻과 의지를 개발할 수 있도록 정신적인 측면에서 한 말씀 해주십시오.

"동양에서는 예로부터 예(禮)를 숭상했는데, 이것은 인격적 도덕적으로 자타(自他)가 동등한 지위에 입각하여 서로 존경하는 때에 성립되는 것이거든. 주종(主從)의 예라든가, 군신(君臣)의 예라는 것은 힘의 관계이지, 결코 예라고는 할 수 없지! 그것은 굴종의 질서에 지나지 않는 거야. 봉건주의 아래서 말하는 '예'라는 것은 일종의 의식 습관이라고 볼 수 있지. 군주는 인덕(仁德)을 베풀고 백성은 홍은(洪恩)을 입어서 감지덕지하여 어찌 할 줄 모르니까.

이러한 위력 관계 아래서는 인격적 자주성은 있을 수 없으며 예의 윤리적 대등성은 엿볼 수도 없는 거지. 여기에는 자주적으로 생각하고 자주적으로 행동하는 길을 봉쇄해버린 것이나 다름없겠기 때문이야. 자주적으로 관찰하고 생각하며 비판할 수 있도록 자주적 정신 개발이 보장되고 선행되어야 나라가 발전하고 국민이 안락할 수 있는 거야."

○ 부처님께서는 룸비니 동산에서 첫 일정을 "천상천하 유아독존(天上天下 唯我獨尊)"이라 외치셨다 합니다. 이것은 인류 역사상 최초의 '인간선언'이자 진정한 의미의 '복음(福音)'이 아닐 수 없습니다. 또한 부처님께서 쿠시나가라에서 입적하실 때에도 최후의 말씀을 묻는 제자들에게 '법등명(法燈明) 자등명(自燈明)'을 남기셨으니 인류의 영원한 스승이 아닐 수 없습니다. 큰스님께서 이에 불타의 교훈이요 실천일 수 있는 절대애(絶對愛)에 대하여 말씀해주십시오.

"먼저 기독교에 있어서는 절대적 사랑은 오직 신(神)만이 가지고 있다고 생각하지. 그래서 인간의 사랑은 신의 절대적 사랑에 의해서 뒷받침이 된 상대적 사랑에 지나지 않고 있어. 기독교에서는 이것을 인인애(隣人愛)라고 말하고 있지. 이 인인애는 창조자인 신의 절대적 사랑을 받은 피조물인 인간끼리 서로 사랑하는 것이거든. 그러나 불교에서는 모든 사람들이 절대애(絶對愛)의 주체가 될 수 있지. 다시 말하면 본래로 절대애의 주체인 게야. 자비의 주체는 참사람의 모습이고 바로 현실의 모습이야. 모든 행동은 자비로부터 발현되어야지. 이 자비가 위로부터 아래로 향해서 행하는 수도 있으나, 불교에서는 모든 사람이 서로 평등한 입장에서 평등으로 행하는 게야. 이 평등도 보통은 보통으로 말하는 인간의 입장에서 평등을 주장하지만, 보통 인간을 안으로 초월한 참사람의 입장에서의 평등이라야 구경(究竟)의 평등이라고 할 수 있겠지.

모든 사람은 본래로 참사람이지. 이것은 사람과 사람이 서로 횡적(橫的) 넓이의 평등이라 할 수 있어. 또 사람 자체의 종적(縱的) 깊이의 내용적인 평등의 성격이 불교의 평등 원칙이지. 인간의 근본 바탕은 허공과 같이 한정할 수 없는 것이지. 무연대비(無緣大悲)는 보통의 사랑, 즉 애견(愛見)의 자비(慈悲)가 아니라, 자성지혜(自性知慧)를 바탕으로 하는 절대 평등의 사랑이라 할 수 있지. 그런 의미에서 '천상천하 유아독존'이나 '법등명 자등명'의 산 교훈은 모두 평등 자비 사상에 근원을 두고 있음을 알아야 해."

○ 큰스님의 말씀을 들으며 '평등성중(平等性中)에 무피차(無彼此)하고 대원경상(大圓鏡上)에 절친소(絶親疎)라'는 구절을 생각하고 있었습니다. 옛날의 선(禪)은 개인을 제도하는 데에 역점을 두었다고 봅니다. 그러나 오늘날의 다변화된 집단이나 국가에 있어 모든 게 세계성(世界性)을 띠고 있는 느낌이 없지 않습니다.

그러므로 개개인의 상대가 아닌 집단이나 전체를 구제로 하는 전

제에 있어 선의 새로운 길을 모색해야 될 줄 압니다. 이에 큰스님의 말씀을 듣고 싶습니다.

"전체는 그것을 구성하는 개체가 없이는 존재할 수 없고, 개체도 또한 이것을 성립시키는 전체가 없이는 존재할 수 없지. 개체를 말할 때에 전체는 본래 그 속에 있고, 전체라고 할 때에 개체는 본래 그 속에 있는 거야."

○ 요즘 시중에서 팔고 있는 고무신에도 '진짜 타이어표'가 있습니다. 가짜가 진짜 같고 진짜가 가짜 같은 세상이라서, 젊은이들이 끼리끼리 사랑을 표현하는 데 있어서도 '진짜진짜 좋아해!'를 유행가 가사에 넣어 부르고 있습니다. 이에 큰스님께서 참사람의 참 의미를 일깨워주셨으면 합니다.

"참사람이란 본래로 깨달은 사람이 참사람인 것이지. 새로이 깨달음을 추구할 것도 없이 본래의 자성청정(自性清淨)함이 곧 이 참사람인 것이야. 이 참사람은 생사도 없고, 남녀노소의 차별도 없고, 중생과 부처의 차별도 없고, 계급과 민족, 인종과 국가, 심지어 시간과 공간의 차별도 없거늘 이리하여 모든 한정을 절(絶)해서 독탈무의(獨脫無依)하여서 일체계박(一切繫縛)을 탈겁(脫却)하여 무애자재한 것이거든. 이러한 참사람이야말로 더욱 복잡화하는 관계 중에서, 또 더욱 더 분화 발전하는 역사의 현실에서 주체성을 상실하지 않고 현실 도피와 신불(神佛)에 의지해서 자기 상실에 빠지지 아니하여 절대 다수, 절대 자율로 살아나갈 수 있는 것이어야지, 참사람은 소극적이 아니라 적극적 대기대용(大機大用)을 발하는 근원적 주체가 되는 것임을 알아야 해. 그래서 과학적 지성과 생의 충동까지라도 참사람은 타당한 체계적 정위(定位)를 지시해서 대용전창(大用全彰)을 실현하기 때문이야. 이 참사람은 다시 세계를 형성하고 역사를 창조하면서 어디에나 걸치지 아니하고 자유자재하는 묘한 이치를 알아야 해!"

○ 요즘 세상 사람들은 신앙생활을 엮어나가는 데 있어 오히려 신앙 그 자체에 얽매여 자성불(自性佛)의 위력을 잃어가고 있는 느낌이 없지 않습니다.
또한 신도분들의 입장에서는 성직에 있는 분들이 다 부처님이고 예수님이길 바라는 기대가 날로 그 둘레를 넓혀가고 있는 느낌이 많은데, 그런 의미에서 일반인들의 바람과 기대에 부응키 위해서라도 성직자들의 책임과 의무가 막중하다는 생각입니다. 큰스님께서 이에 신앙적인 측면에서 방황하는 자들을 위하여 교훈적인 지침을 내려주십시오.

"르네상스 이후 인류가 하나님한테서 해방되어 인류의 자유가 보장되었듯이, 몇몇 철인(哲人)들이 학설을 발표했었지만 오늘날은 오히려 과학문명의 노예가 되어가고 있음을 먼저 깊이 알아야 하지. 심외무불(心外無佛)이란 말이 있듯이 마음 속의 부처를 찾아 자유자재로 살 수 있는 근본 문제를 해결해야 대자유인이 되는 거야. 인간이 자연을 정복한다는 서양 정신으로 살 게 아니라, 우주 전체를 하나의 생명으로 보면서 살아야 해.

성직자이든 성직자가 아니든 간에 항시 감사드리고 기도드리는 자세로 살아야 해. 참사람 정신으로 참사람답게 참사람이 되어야 해."

대생명의 대자유인이 돼라

성철(性徹) 대선사 편

"니 오랜만일세. 몇 년 되제? 어데 있었노?"

장삼에 가사까지 곁들이고 스님이 계신 방안에 들어서자 스님의 법음(法音)이 평상시도(平常是道)로부터 시작된다.

○ 그 동안 군에 있었습니다. 지각생 병정놀이를 끝마치고 요즘엔 서울사람들 흉내 내기에 업장(業障)의 무게만 더할 뿐입니다. 찌들고 병이 든 저의 모난 아픔을 큰스님께서 살펴주시어 크신 법력으로 치료해주셨으면 합니다.

"그래 군에 있었나? 늦게 갔구나. 서울이 산골보다 좋나?"

스님께서는 좀체로 일상생활의 말씀만 하실 뿐 심방객 따위의 질문쯤이야 어린 아이의 코흘리개 소리로나 접어두신 듯한 느낌이다. 그렇다면 낭패다. 스님께서는 예상했던 대로 기자의 질문에 응해주지 않을 것만 같다.

○ 저에 있어 가장 큰 수수께끼요, 일상의 화두는 영혼의 불멸설(不滅說)과 육도윤회설(六途輪廻說), 그리고 전생과 내세가 실제로 실존하느냐에 있었습니다. 그러다가 군에 있을 때 제나름대로 뭔가를 깨달아 오로지 이 하나뿐인 생명을 알게 됐습니다. 저는 누가 뭐래도 전생담(前生談)이나 내세관(來世觀)을 결코 믿지 않으며, 팔만대장경의 부처님 말씀은 어린아이를 달래기 위한 팔만사천 종류의 요리 음식에 불과한 구차스러운 한갓 방편법문(方便法門)임을 알았습니다.

"그래, 그럼 이 병신아! 자연계의 불멸을 믿나, 안 믿나? 모든 자연계는 에너지와 질량으로 이룩되어 있지 않나? 에너지를 물에 비유한다면 질량은 얼음이다. 물이 곧 얼음이요, 얼음이 또한 물일 따름이다. 시각적으로는 자연계가 무상한 것으로 보이나 근본 요소는 단일체이므로 영원히 변치 않고 존재될 뿐이다. 우리의 생명도 어떤 의미에서는 에너지로 볼 수 있다. 그러기에 자연계의 불생불멸(不生不滅)을 주장하고 있다. 니도 '브라이디 머피를 찾아서'라는 『사자(死者)와의 대화』를 읽어봤제? 영국의 호프나 웰레스 그리고 미국 버지니아대학의 스티븐슨 같은 이는 이미 전생의 비밀과 초능력(超能力)의 비밀을 영(靈) 능력으로 알아내어 '전생 기억 연구'를 활발히 전개하고 있는 사실을 아나, 모르나? 영국의 케논 박사의 연구논문을 보면, 너 같은 멍충이가 깜짝 놀라 나자빠질 게 많이 있다. 요즈음 그 흔해 빠진 심령과학서나 무당 점쟁이의 그것과는 완전히 다르다. 분명히 우리의 생명인 영혼은 불멸하며, 불설(佛說)이 아니더라도 육도윤회만은 뚜렷한 진리이다."

심방객은 조금도 망설임 없이 평소에 궁금했던 의심을 한꺼번에 몽땅 털어놓았다. 이왕이면 타작을 철저히 하기 위해서였다.

"콩을 열 개 쥐고 잘 알아맞히는 사람에게 물으면 정확히 잘도나 안다. 그러나 자신도 콩의 숫자를 모를 만큼 몽땅 쥐고 물어보면 알지 못한다. 이심전심(以心傳心)을 너도 주워들어 알겠지만, 정신적인 영파(靈波)의 능력은 불가사의한 것이다. 텔레파시의 위력과 작용은 현대과학의 수수께끼가 아닐 수 없다.

윤회사상은 붓다 이전에도 있었다. 동에서 해가 뜨는 것을 서쪽에서 해가 뜬다고 우길 수는 없는 것이다. 동에서 해가 떠 서쪽으로 기우는 것이 자연계의 변함없는 법칙이요, 정답이다. 『화엄경』에 보면 "일체법불생(一切法不生), 일체법불멸(一切法不滅), 약능여시해(若能如是解), 제불상현전(諸佛常現前)"이란 말이 있다. 영원토록 불생불멸하는 것은 진여본성(眞如本性) 자리임을 알아야 한다.

부처님께서 말씀하신 인과법칙은 색공(色空)을 초월한 영원한 진리임을 깨달아 시간의 제약에서 시간의 지배자가 되어야 한다. 영원한 생명 속에 무한한 능력자가 되어야 하며 대생명의 대자유인이 되어야 한다. 대생명의 자유능력에 따른 대활동이 성불이요 해탈(解脫)이며 열반이다. 거울에 때를 지우면 대광명이 우주를 비춘다."

스님께서는 열반의 경지를 또렷이, 그리고 새로운 뭔가를 던져주시는 게 분명하다. 스님의 말씀은 그대로 날카로운 지혜의 화살이 되어 소낙비처럼 기자의 멍든 영혼에 와닿아 또 하나의 불을 켠다.

"『기신론(起信論)』에 '이일체고(離一切苦) 득구경락(得究境樂)'이란 글귀가 있다. 똥덩이, 흙덩이, 잿더미처럼 허무하게 흩어져갈 게 아니라, 쉼 없는 정진력으로 일체의 고됨을 여의고 구경락(究境樂)을 득(得)할 수 있는 살아 있는 종교인이 되어야 한다. 생멸멸이(生滅滅而)한 적멸위락(寂滅爲樂)을 어떤 초심자는 잘못 이해하여 일체가 다 끊어진 상태로 알고 있으나, 열반이란 거울에 낀 때를 지우는 작업이 끝났을 때의 대광명(大光明)과 대적정(大寂靜)과 대자유를 뜻하는 것임을 알아야 한다.

육도윤회의 고된 수레바퀴에 시달리는 게 아니고, 윤회의 수레바퀴를 마음대로 운용(運用)할 줄 아는 것이 해탈이요 열반이다. 이것이 곧 영원한 생명력을 지닌 무한한 능력이요 대생명의 자유이다. 한 방울의 물에 9억 마리의 벌레가 있다는 불설(佛說)은 이제 과학에서도 조금은 이해하고 있는 모양이다.

부처님께서 말씀하신 백억세계(百億世界)의 일월(日月)도 언젠가는 밝혀지리라 생각되지 않나?

백억세계의 백억일월을 볼 수 있는 무한한 생명의 능력을 말씀하신 부처님의 말씀은 더 할 수 없는 인간선언이 아닐 수 없다. 일체가 적멸(寂滅)하여 단경(斷境)의 상태가 열반이 아니라, 일체의 속박을 벗어난 대자유를 얻는 게 열반임을 알아야 한다. 무상대열반(無上大涅槃)이요 원명상적조(圓明常寂照)로다. 알겠나? 이 멍충이 똥덩이 같은 놈아!"

본시 기자의 얼굴 생김이 똥자루 같은 데다 큰스님께서 에누리도 없이 멍충이에 똥덩이 같은 놈이라니, 병신 머저리 같은 기자의 얼굴이 더욱 일그러져 구린 냄새나 거두어들이는 작업이 필요하겠구나 생각하며 속으로 일소(一笑)하였다.

미리 여기쯤서 독자제위(讀者諸位)께 밝혀둘 게 있다. 큰스님의 법문이 중중무진수(重重無盡數)로 이어져내려, 영혼의 불멸을 자신감 넘치도록 부정하던 게 철저히 긍정하게 됐을 만큼 스님의 법음은 회오리바람이었고 번갯불이었으며 화살이었고 빛이었음을 밝혀둔다. 왜냐하면 시원찮은 기억력 탓도 있겠지만 글재주마저 그렇고 그렇다 보니 큰스님의 크신 법의 실타래에서 반 오라기쯤이나 옮겨놓는 데 불과하기 때문이다.

끝으로 성철 대선사님의 '일원상(一圓相)'을 힘겹게 얻어온 사연(?)을 지면 관계로 조금이라도 옮기지 못함을 아쉽게 생각한다. 이제 허락도 없이 스님의 법음을 담게 됐으니 다음 스님을 뵈오러 갈 땐 종아리 맞을 게 분명하다.

꽃과 잎의 근본 요소는 하나

월산(月山) 대선사 편

"허허(虛虛)가 안락국(安樂國)이지. 마음이 고요하면 삼계(三界)가 다 고요하고 생각이 일어나면 수미산 바람소리가 요란하지…."

속리산 법주사 계실 때와 토함산 불국사 계실 때와의 생활의 변화를 묻는 정휴 스님의 질문에 스님께서 답하신 말씀이다. 월산 스님께서 10여 년 전 법주사 주지스님으로 계실 때에 정휴 스님이 전문강원의 강사(講師)를 맡아 스님을 모시고 있었던 모양이었다.

정휴 스님의 또 다른 질문이 『벽암록(碧岩錄)』의 '운문끽구자(雲門喫狗子)'로 옮겨간다.

○ 『벽암록』에 보면 부처님께서 '천상천하 유아독존'이라고 말씀하신 데 대해 운문(雲門) 스님 께서는 "만일 내가 그때 부처님 곁에서 그 말을 들었더라면, 한 방망이로 부처님을 당장 죽여 굶주린 개에게 던져주어 세상을 진정 태평케 하리라"는 기록이 있는데요. 스님께서는 어떻게 생각하시는지요.

"격외(格外) 도리의 함정에 운문마저 빠진 꼴이야. 하룻강아지 범 무서운 줄 모르는 얘기야. 그때 내가 있었더라면 운문스님께 한마디 해줄 걸 그랬어…. 하하하."

큰스님의 웃음이 온 방안을 날아다니며 탐문객의 땀 저린 속옷 고름까지 가볍게 흔들어주는 통쾌하고 시원스런 대소(大笑)이다.

"그런데 요즘 선을 참구하지도 않은 자(者)들이 그럴듯하게 오도송(悟道頌)을 지어 맞추고 입으로는 선의 경지에 금세 도달한 듯한 언어를 부끄럼 없이 쓰고 있으니 탈이요, 탈이야."

삼처전심(三處傳心)을 운운하면서 정휴 스님이 부처가 되지 않았나 착각할 정도로 선법문(禪法門) 흉내에 접어들자 스님께서 하신 말씀이다. 옆에 있던 오현 스님이 한마디 않을 수 없던 모양이다.

"정휴가 그 좋은 예로 표본실의 청개구리지요. 스님께서 방금 하신 말씀은 향봉이나 저에게는 해당이 없는 정휴 혼자서 감내(甘面)해야 할 말씀이지요?"

그리하여 방안은 또 한번 파안대소(破顔大笑)의 꽃무지개가 번갯불처럼 번득인다. 용광로처럼 불꽃 충만한 큰스님의 법음(法音)은 선교일여(禪敎一如)로 옮기어가고….

"착별지(着別地)와 무착별지(無着別地)라는 말이 있지. 둘인 걸로 생각하지만 덩이는 하나야. 꽃이 피고 잎이 되는 걸 둘로 착각할는지 모르지만 꽃과 잎을 이룬 근본 요소는 하나거든. 교(敎)와 선(禪)을 양분하여 둘로 보나 팔만대장경이 곧 선이요, 삼처전심이 곧 교학임을 알아야 한다. 본지풍광(本地風光)의 심외별전(心外別傳)이 따로이 어려운 데 있는 게 아니고, 평상심(平常心)이 바른 도(道)요 번뇌(煩惱)가 곧 보리(菩提: 지혜)이듯, 선을 불심으로 교를 불언(不言)으로 율(律)을 불행(佛行)으로 귀결처(歸決處)의 일치를 찾을 수 있는 게 아냐?"

스님의 말씀이 지극히 평범하면서도 지극히 깊은 웅덩이의 생명수를 우리의 목마름에 부어주시는 것인 줄 알면서도 기자는 조심스레 대화의 또 다른 문을 열어보았다.

ㅇ 해인사 방장스님이신 성철 스님을 뵙게 되면 항시 3천배를 말씀하십니다. 스님께서는 3천배를 한 뒤에야 화두를 주시겠다고 하십니다. 어떤 글 쓰는 분은 성철 스님의 3천배를 '굴신운동(屈身運動)'으로 가볍게 받아들였으나 저의 생각은 또 다릅니다. 3천배는 성철 큰스님께서 화두 이전에 주신 화두임이 분명하며, 3천배 그 자체가 그대로 해인사 방장스님이 창안(創案)하신 특유의 살아 있는 화두로 생각하고 있습니다.

통도사 극락암의 조실스님이신 경봉 노스님의 미소 그 자체가 노스님께서 계신 삼소굴(三笑窟)과 합일되어 크나큰 화두로 저희에게 다가서듯이, 성철 스님의 3천배는 그런 의미에서 굴신운동이 아닌 살아 움직이는 화두로 생각하고 있습니다. 스님께서는 선의

미학(美學)과 화두의 정의(定義)를 어떻게 생각하고 계시는지요.

"선이란 모든 대의(大義)를 매조짐하는 것이지. 화두란 의심처를 알아내는 하나의 열쇠야. 생명의 열쇠로도 볼 수 있지. 편집국장의 안목이 다르긴 다르군 그래. 살불살조(殺佛殺祖)할 선사(禪師) 아니면 말 못하겠군. 하하하."

"공안(公案)이 똑같다면 하나로도 족할 텐데 전등염송엔 1,700공안이 담겨 있음을 중요시해야 합니다. 요즘 봉(棒)과 할(喝)이 너무 혼한데, 삼처전심, 염화시중(拈花示衆), 다자탑전분반좌(多子塔前分半座), 곽시쌍부(槨示雙趺), 낙처(落處)를 모르고서는 봉과 할이 죽은 것이며, 삼처전심의 귀결처가 따로이 있음을 가릴 줄 알아야 합니다. 『화엄경』의 종상(鍾相)과 별상(別相)의 합일되는 일체처(一切處)를 알아내는 것도 선일 수 있는 것이지요. 빛의 광선(光線)이 수수천 갈래로 보이나 근본 요소는 하나뿐이니까. 마치 동그라미를 그려놓으면 처음과 끝이 없는 것처럼…."

○ 지난 달 불국선원(佛國禪院)의 개원은 어떤 의미에서든 한국불교 선종사(禪宗史)에 새로운 선을 그은 게 분명합니다. 재래식 한국선원의 장점과 중국 총납 선원의 장점을 적절히 절충하여 선불도량(選佛道場)의 면모를 혁신시킨 것으로 매우 의의가 깊고 크다고 하겠습니다. 스님께서 불국선원의 원장스님으로서 말씀해

주시지요. 요즘의 심경(心境)도 곁들여주시고요.

"흰 비단에 먹을 칠한 게나 다를 바 없지…. 지금 내 기분은 시방세계가 내 뱃속에 들어 있는 느낌이지…. 하하하."

"스님의 배는 그럼 어느 세계에 있는지요?"

시인 오현 스님의 재치와 위트 넘친 한마디에 방안이 환한 꽃비늘로 충만하여 파안대소하는 가릉빈가의 나래깃이 화사롭게 너울댄다.

오가종풍(五家宗風)이 언젠가는 다시금 도래하여 선풍이 뒤날릴 날이 있을 것을 스님께서는 힘주어 말씀하시며, 조계종조(曹溪宗祖)도 언젠가는 뚜렷이 가려져야 할 것이라고 말씀하신다. 스님께서 직접 불국선원까지 안내해주신다. 스님께 인사드리고 산문 밖으로 빠져나오는 우리 귓전에 또 하나의 스님의 말씀이 길을 밝힌다. 시방세계일쌍안(十方世界一雙眼)하라는….

진심을 잃어버리고 살아

월하(月下) 대선사 편

○ 삶에 대한 회의(懷疑)를 한 번쯤 안 한 사람이 없는 줄 압니다. 지혜 있게 삶을 영위하는 방편 같은 것이라도….

적당한 넓이의 방, 한 편에 놓아둔 범종이 한결 어울린다.

"업(業)은 되풀이되는 거야. 오늘의 각기의 행(行)이 결국 다음에 올 생(生)에 영향을 미칠 것이라는 확신이 있어야지. '욕지전생사 금생수자시(欲知前生事 今生受者是) 욕지내생사 금생작자시(欲知來生事 今生作者是)'야. 불교는 이 확신을 믿게 해줘. 오늘의 불행은 결국은 전생에 얻어진 업이야. 그렇더라도 내생을 위해 끊고 전환할 방법이 없는 게 아니지. 참선 수도함이 이 길이야."

대선사(大禪師)의 설득력은 강하다.

막무가내로 닦아세운다.

정혜(定慧)를 구족한 이만이 발(發)할 수 있는 신념의 목소리.

"참선은 그래서 자기의 심성을 찾는 것. 그러나 심성이란 부재신내(不在身內)이며 부재신외(不在身外)하고 또한 신내(身內)에도 없지도 않으며 신외(身外)에도 없지도 않는 게야."

○ 그렇다면 우리 같은 것은 애시당초 글렀네요.?

나 혼잣소리인데 말씀은 계속된다.
"본성(本性)의 계발사라던가? 중생 누구에게도 본심(本心) 자리는 있게 마련, 참구하는데 분별(分別)을 앞세우면 안 되듯이 제 입장을 내세워 포기하고 탈락하는 이들이 승려에게도 많아! 면벽(面壁) 수십 년이면 뭣하는가?"

○ 본래면목(本來面目)이 있고 보면 화두라는 게 군더더기가 아니겠느냐는 생각이 드는데요?

"선사(先師)께서도 범인(凡人)이나 성인(聖人)이나 마음은 똑같다고 하지. 본래의 심법(心法)이 다를 리 없어. 그러나 중생에게는 구별 경계가 있어. 그야말로 탕탕무득(蕩蕩無得))한 지경에 들기란 어려운 법이야. 그래서 화두는 이런 분별심을 일단 끊게 하는 단계에 이르게 해. 큰 호수가 아무리 조용하기로소니 언제나 파도는 있는 법이거든."
스님이 일러준 다음 게송은 참으로 적절하다.

초설유공인진집(初說有空人盡執)

후비공유중개연(後非空有衆皆捐)

용궁만장의방의(龍宮滿藏醫方義)

학수종담이미현(鶴樹終談理未玄)

'조주무자(趙州無字)' 화두도 이를 테면 이를 일러준 것이 아닐까. 언어문자(言語文字)의 거미줄에 걸려 사랑분별심을 일으킨다면 상신실명(喪身失明)은 물론 생사의 고해에서 벗어나지 못할 것임을 말한 것일 게다.

그러고 보니 대오(大悟)의 경지에 들기란 '겨자씨에 수미산 들어가기'보다 더 어려울 듯하다.

보광선원(普光禪院)은 푸른 납자들이 많이 보인다. 그래서 대선사는 준기환발(峻機煥發)한 대기(大器)들이 각기 제 뜻을 이루도록 매질하고 계시다.

근래 제방 납자들이 제 일할 자리를 못 찾고 헤매기만 한다는 소리가 있다. 그러기에 보광선원은 더욱 더 귀한 것인지도 모르겠다. 각설하고,

○ 대오의 경지에 이르기란 그러면 경(經)을 많이 읽어서도 가능한데 참선을 권하는 이유는 어디에 있습니까?

"물론 그렇지. 흔히 심우(尋牛, 소 찾기)를 우리는 그 경지 찾기

에 비유하고 있거니와, 소를 찾는 과정을 두고 볼 때 참선을 해서 찾는 것은 직접 찾는 것이랄 수 있고 경을 보아 찾는 것은 직접 찾는 것이 아니라 약도를 그려서 찾는 것이라고 말할 수가 있겠지. 어떤가? 어떤 것이 마땅한 일인가?"

기사 근기로야 모르기는 모르되 '눈치 근기'로는 이것이라고 할 수는 있겠는데, 대선사의 윽박지름이 입을 닫게 한다.

어느덧 시간은 많이 흐른 듯 부나비 등속이 밝은 방을 향해 창에 날아든다. 그 소리가 워낙 커 마치 호박잎에 우박 쏟는 듯하다. 정신이 퍼득한다. 세상사 몇 가지 묻지 않을 수 없다.

○ 근래 승풍(僧風)이 많이 해이해졌다는 말들이 많은데요?

"인과(因果)를 안 믿는 사례로 지적될 수 있겠구먼. 일부 승려가 일탈한 것일 테지만 부끄러운 일이지. 그리고 사고방식이 많이들 달라져서 그런지 진심(眞心)을 많이 어디다 잃어버리고 사는 것 같애. 불자는 물론 일반인에게도 이 말이 해당돼. 출세, 명예, 금전에 제 자신을 잃고 허둥대지. 영구불멸하게 법신(法身) 생활을 할 도리를 안 찾고…."

○ 종립학원(宗立學院)에 몸 담고 계시니 이참에 승가교육의 방향 같은 것을….

"승풍이 많이 해이해진 데 대해서 급선무적으로 나오는 게 교육이지. 평소 내 나름대로 많은 생각을 했지만 막상 동국대에 들어가니 마음과는 다른 것이 많더군."

대오는커녕 소오도 못했는데

우화(雨華) 대선사 편

크신 법(法)의 위력은 우리네의 상상을 넘어서는 무서운 힘이었다.

법력은 그대로 심성 수양에서 얻어지는 커다란 지혜의 바퀴였고 인내의 희귀한 열매였다.

기자가 전라남도 나주땅 다보사엘 들어서자 '아이구, 아이구' 하는 고통에 찬 우화 대선사의 신음소리가 들려왔었다. 5, 6년 만에 찾아오는 다보사였고, 그러기에 건강하신 모습으로 반겨맞아주실 큰스님께서 저러히 큰소리로 고통스러워하시니 찾아간 방문객은 매우 충격적이었고 어찌할 바를 몰랐었다. 그러나 스님께서는 법문해달라는 기자의 근심 덮인 어두운 얼굴을 보시고 자리를 바르게 고쳐앉으시며 거친 숨을 애써 고르시더니 태연히 아무렇지도 않으신 듯 더구나 여유마저 보이시며 "내가 뭘 알아야 법문하제." 하신다.

너무나도 야위신 피로해보이는 스님 얼굴이었다. 곁에 있는 시자스님의 귀띔인즉 3개월 동안 물이나 마실 정도로 식사를 안 하고 계신단다.

왈칵 울어버리고 싶은 사문(沙門)이 된 진한 서러움에 큰스님의 손을 두 손에 쥐고 방문객의 얼굴에 부벼대며 법문은 완쾌되어 하시고 누워 계시길 조심스레 말씀드렸다.

"무슨 소리야! 이까짓 몸은 본시 사대(四大, 地·水·火·風)로 흩어질 게 아냐. 늙어 병든 주제에 젊은 스님들께 알고 있는 대로 부처님의 법이나 전하다 죽으면 영광이지."

스님께서는 방문객이 누군지 모르시는 표정이시다.

"저를 아시겠어요? 제가 향봉이에요. 5, 6년 전에 스님 모시고 지내던 얼굴 밉고 성질 고약한 향봉이에요."

"가만 있자. 옳아, 해인사 방구들 판 꼬갱이스님이구나. 그래 그 동안 어디 있었소?"

독자들은 이 글을 읽으며 얼마나 얼굴이 밉고 성질이 고약하면 큰스님께서 기억 못하시다가 기억하시겠느냐고, 혀를 차며 향봉이 앞길이 빤하다고 염려해주실 분이 있을는지 모르겠다. 그러나 천만의 말씀이다. 일소하고,

○ 병중에서도 화두가 잘 들립니까? 지금 말씀하시며 화두를 잃고 계시지는 않으신지요?

"요까짓 요 정도 아픔에 화두를 잃으면 죽을 땐 어떻게 하겠어?"

○ 스님께서 아까 '아이구 아이구' 신음하시며 '아야 아야' 하셨는데 마음이 아픕니까, 육체가 아픕니까?

"육체가 병 드니 마음이 따라가려고 해."

○ 마음이 어느 곳에 있다고 생각하십니까?

순간, 질문이 끝나기도 전에 스님께서는 주먹으로 방바닥을 치신다.
방바닥 치신 뜻을 향봉이가 알까? 이 글 읽는 독자분들이 알까? 알아도 30봉이요, 모른다 해도 30봉일 게 분명하겠다.

○ '시심마(是甚麽)'라는 화두가 있지요? 어떤 것이 시심마입니까?

"오늘이 칠월 칠일이니라."
동문서답(東問西答)이 아닌 우문현답(愚問賢答)이 아닐 수 없다. 찌꺼기 비늘 따위는 찾아볼 수 없는 칼날 말씀이시다.

○ 인생에 있어 사랑만큼 아름다운 게 없을 줄 압니다. 여자에 있어서는 '잊혀진 여자'가 죽은 여자보다도 더욱 가련하고 불쌍하다고 마리오 로랭생은 읊고 있습니다. 스님께서 지난 날의 사

랑을 나눈 이야기 있으면 조금만 들려주십시오.

"관색관공 즉색공((觀色觀空 卽色空)이야. 본래 무생(無生)인데 사랑이 또한 어디 있으리오."

○ 스님께서 지금껏 정진해오시며 뭘 얻으셨는지 얻은 것 좀 보여주세요.

"결부득 해부득(結不得 解不得)이야. 이 자리에 이르러 스님은 뭐라 대답하시겠소?"

○ 부처님께서 가섭 존자에게 이심전심으로 전한 삼처전심(三處傳心)이 있지요? 염화미소에 대하여 한 말씀 해주십시오.

"항상 자고 새우는 곳에 일백 꽃 향기더라."
"다자탑전분반좌(多子塔前分半座)에 대해서는요?"
"동하(洞下)에 상봉(相逢)이나 불상식(不常識)일 뿐."
"곽시쌍부(槨示雙趺)에도 한 말씀 해주세요?
"천년고목(千年古木)에 조비토주(鳥飛兎走)야."

○ 해인사 지월(指月) 스님의 사십구재일에 스님께서 법문하신 게송이 있지요? 생각나시면 알려주십시오.

"가야석다(伽倻石多) 노전심(老傳心) 고암지상(古岩之上)에 일범찰(一梵刹)이라 했지. 어떻소? 법문이 좋소?"

어떻소 법문이 좋소 하고 묻는 스님의 말씀에 온 방안이 웃음의 꽃보라로 가득하였다.

천진(天眞) 그대로의 스님 특유의 살아 있는 법음이 아닐 수 없다.

○ 이별만큼 서러운 것도 없는 줄 알고 있습니다. 이별은 어떤 의미에서는 또 하나의 커다란 죽음이 아닐 수 없어요. 스님께서 이 세상을 이별하시며 저희에게 무슨 말씀을 남기고 가시겠어요?

"스님이 아마도 이별하다가 오도(悟道)한 모양이구만. 하하하…. 설부청산(雪浮青山)에 일봉(一峰)이 독로(獨路)야."

○ 스님께서는 확철대오하셨다고 생각하시는지요?

"무슨 소릴! 대오는커녕 소오도 못했는데! 보면 모르겠소? 이래 몸뚱이 하나도 못 이겨 '아이구 아이구' 소릴 지르더라고 아까 스님이 흉봐놓고선. 하하하."

○ 스님! 언제 제가 흉봤습니까? 그토록 아파하시다가도 이렇

게 저의 질문에 답해주시니 크게 감동하고 감사드릴 뿐입니다. 큰스님의 화두가 무엇인지 저희에게도 귀띔해주세요.

"본래무생(本來無生)인데 화두 또한 어느 당처에 있으리오."

○ 저로선 어려운 말씀인데요. 그렇다면 무생 밖의 또 다른 화두를 알려주십시오.

"허허 참! 화두하는 자에겐 삼라만상의 일체 세간사(世間事)가 화두 아님이 없고 술 취한 자에겐 일체 닿는 경계마다 술독만 만나는 게야."

다시 거듭 병중에서도 불청객의 질문에 혼연히 응해주신 스님의 법력(法力)에 감사드리는 마음뿐임을 밝혀둔다.

〈스님께서는 76년 가을 어느 날 열반에 드셨음.〉

만족한 결과 위에 후회 없는 원인 있듯

운허(耘虛) 대선사 편

"가끔 감기가 들곤 하지. 운동이랄 것도 없고 도량이나 걸어다니지…. 요즘 번역은 안 해…. 『능엄경』 강의? 제1, 제3 일요일 오전 11시부터 1시간씩 강의하고 있어."

경기도 광릉 내 봉선사에서 요즘 한 달에 두 차례씩 『능엄경』 강의를 하시며 봉선사의 자그마한 초가에 몸 담고 계시는 운허 스님. 스님은 일찍이 구한말의 대강백(大講伯)이신 박한경[映湖] 스님의 전강(傳講)의 대법(大法)을 받아 한국불교계의 살아 움직이는 커다란 이정표요 횃불로써 〈불교사전〉을 이 땅에 처음으로 펴낸 데 이어 영원히 이 나라 이 민족의 귀감이 될 〈한글대장경〉을 국회와 정부의 지원을 받아 번역 출판케 되었으니 '동국역경원'의 창시자이자 산증인인 스님이시다.

스님은 잔잔한 호수와도 같고 조용한 폭풍과도 같아 보여, 이름 그대로 한국불교계뿐만 아니라 이 나라 제1의 한학자이자 대강백으로서 이지관 스님(동국대 교수), 홍법 스님(전 통도사 주지, 강사), 월운 스님(봉선사 주지)을 제자로 두고 계시다.

"모든 화복에 원인이 있듯이 원인이 없는 결과란 있을 수 없지. 인과율의 학설을 집내성한 게 곧 불경이요, 부처님의 가르침이지. 붉은 꽃 피고 흰 꽃이 피는 데도 필시 필연적인 원인이 있음을 알아야 돼. 그러므로 간단이 없는 쉼이 없는 정신으로써 무명(無明)의 대지에 지혜의 씨앗을 뿌리어 해탈에의 알찬 수확을 거둘 수 있도록 정진하는 자세로 살 일이야. 항시 남을 위해 살아가며 주위 모든 사람들에게 감사드리는 마음으로 덕을 베풀며 살아가야 돼. 보시와 방생한 뒤의 마음은 더할 수 없이 기쁜 게 아냐? 결과만 탓할 게 아니라 만족할 수 있는 결과를 만나기 위해 후회 없는 원인을 심고 가꿔야 되지!"

스님께서는 조용조용히 설법해주시나 묻는 말 외에는 말씀이 적은 게 운허 스님이시다. 춘원 이광수와는 팔촌지간, 팔촌 형님이 춘원이라는 대답이시다. 가장 기쁜 일이 8·15해방이었다며 춘원과 함께 지내던 일도 들려주신다. 죽음 뒤의 저쪽 세상[來生]에 대해 방편으로 말씀하시고 직언(直言)으로 시원한 답을 요구하자,

"방편이란 말이 거짓말이란 뜻이 아냐. 직접으로 이야길 않고 간접으로 방법과 편의를 말한 게지. 울음 그치면 떡 사준다는 것과 같아. 현생이 있는 한 내생이 있는 게 틀림없어. 마치 현재가 있으면 과거와 미래가 분명하듯 전생, 내생은 만고 불변할 진리일 게야…."

스님께서는 이 세상에서 마지막 거둘 그림자를 남기시며 후

인에 들려줄 임종게(臨終偈, 죽을 때 남기는 마지막 시구)나 오도송(悟道頌, 깨달은 경지를 읊는 노래)이 있으면 귀띔해주시길 원하자 빙그레 미소로 답할 뿐 "남을 위해 살라"는 말씀만 다시 들려주신다.

금년 86세, 법랍은 56세, 서른 살에 출가 입산하시어 오늘에 이르신 스님께서는 생활시도(生活是道)를 몸으로 나르시며 오늘도 광릉 내 봉선사에서 적조의 날빛을 엮고 계시다.

〈80년 열반에 드셨음.〉

죽음 앞에 마음이 평화롭구나

춘성(春城) 대선사 편

더할 수 없이 평화스러운 얼굴이요, 일체를 방하착(放下着)하신 담담하신 모습이다. 일생을 한결같이 무욕(無慾)으로 사시었고 인생을 하루같이 운수납자(雲水納者)로 엮어오신 90 노령의 노사를 뵙는 순간, 주위사람들이 없었으면 "스님요! 춘성 스님요!" 하고 실컷 울어버리고 싶은 심정이었다. 스님의 하얀 눈썹이며 평화로이 누워 계신 스님의 모습이며, 일생을 조금은 슬픔이듯 조금은 기쁨이듯 홀로 빈터뿐인 외진 숲 외진 길을 걸어오신 노사의 자비하신 얼굴을 바라다보며, 먼 훗날 내 자신의 다가올 죽음인 양 설움이 왈칵 치밀어 누군가를 목이 터져라 불러보며 울고만 싶은 심정이었다. 사문은 외롭다. 살아서도 외롭지만 떠날 때는 더욱 외로울는지도 모를 일이다. 순간 노선사께 엉뚱한 걸 묻고 싶었다.

다음은 와병 중인 춘성 대선사와의 일문일답의 내용을 간추려 여기에 담아본다. 독자분들이 읽기에 조금은 거북스러운 일상의 욕설을 그대로 옮김은 큰스님의 특유의 가문(家門)을 그대로 옮기고픈 욕심에서이다. 이번만의 이해를 바라는 마음으로….

○ 큰스님! 스님을 낳아 길러주신 세속의 어머님이 뵙고 싶지 않으세요?

"그럴 땐 부처님을 생각해라. 부처님을!"

○ 몸이 아픕니까, 마음이 아픕니까?

"뼈가 썩어든다. 이 자식아!"

○ 언제쯤 이 세상을 떠나실 것 같습니까?

"당장이라도 옷 벗고 싶다."

○ 마지막으로 이 세상에서 그림자를 거두시며 웃으시겠어요?

"시발놈! 별걸 다 묻네."

○ 저는요. 요즘 매우 흔들거리고 있어요. 저처럼 젊은 스님들의 방황을 차단할 수 있는 생명의 말씀을 들려주십시오.

"'법등명(法燈明) 자등명(自燈明)'이다. 일체가 환몽이야."

○ 가시면 어디로 가시나요? (열반을 뜻함)

"모든 것이 한 구멍으로 빠진다."

○ 한 구멍이 무엇을 뜻하나요? 쉽게 말씀해주십시오.

"한 구멍에 빠지되 털끝만큼이라도 빠진다는 생각이 있으면 십만팔천리야."

○ 스님께서는 죽음 뒤의 저쪽 세상[來生]을 믿으시나요?

"필요없어, 시발놈아!"

○ 스님께서 90 평생에 가장 기억에 남으시는 가장 슬픈이야기 좀 들려주세요. 여인을 사랑하신 이야기라든지….

"시발놈이 별걸 다 묻네"

○ 죽음이 막상 다가서면 두려울 것 같은데요. 스님께서는 죽음이 두렵지 않으세요?

"맘이 매우 평화롭구나."

○ 제가 만일 큰스님을 벼랑 위에서 밑으로 밀쳐버리며 지금 경계가 어떠시냐고 물으면 뭐라고 답해주시겠어요?

"시발놈아! 떨어져보지도 않고 어떻게 답해?"

○ 저는 요즘 가짜 인생을 살아가는 느낌이 짙은데요. 진짜배기 인생을 살아갈 수 있게 도(道)의 정수를 저에게 남기고 가시지요.

"쥐좆같은 놈아! 주고 받는 게 도인 줄 아나?"

○ 스님께서 열반에 드신 후 사리가 나올까요, 안 나올까요?

"필요없다. 필요없어."

○ 사리가 안 나오면 신도분들이 실망하실텐데요. 걱정되지 않으세요?

"시발놈의 자식! 신도 위해 사나?"

○ 인생을 회향하시며 후회 같은 것은 없으신지요?

"일체가 환몽이야. 다 쓸데없다."

○ 스님의 크신 법의 주장자를 어느 곳에 꽂고 가시겠습니까?

"아무 소용없어."

큰스님의 손을 만져보고 싶다 했더니만 고개를 끄덕이신다.

노선사의 손을 꼬옥 쥐니 가슴이 짜릿 뭉클하다. 노사의 귀에 대고 귓속말로 "스님은 부처님이예요" 했더니만 "씨발놈의 새끼" 하신다.

아! 아! 우리들의 영혼에 등불을 밝혀주실 춘성 대선사님의 건강 회복을 빌고 빈다. "씨발놈, 씨발놈의 새끼!"를 하루에도 열 번 스무 번 듣더라도 꼭이나 건강을 회복하시어 다시금 성큼성큼 그 크신 모습으로 우리들 가까이 다가오시며 몸으로 보이시는 무진무량의 법음(法音)을 들려주셨음 싶다.

〈춘성 스님께서는 이 인터뷰 기사가
불교신문에 실린 후 얼마 되지 않아 열반에 드셨음.〉

성인도 현인도 아닌 범부야

탄허(呑虛) 대선사 편

“도의 근본이란 바른 것이겠지…. 도란 진리의 대명사가 아니겠어? 한마디로 길을 가리킨 거야. 길을 걷되 길 밖으로 빠져나가는 것을 경계해야 돼. 왜냐하면 길이란 오름길이든 오솔길이든 외진 길이든 길은 길이 아니겠어. 그런데 길 밖으로 빠져나가면 필경에 진흙덩이와 가시밭과 어둠 속으로 갈팡질팡하게 되는 게지. 그럼 얼마나 괴롭겠어. 탈선이란 어떤 의미에서든 괴로운 결과를 가져옴을 잊어서는 안 돼요. 길은 또 하나의 생명줄이야. 생명을 아끼려거든 자기 나름대로의 선택한 길을 꾸준히 걷는 강인한 인내심이 필요한 거야. 그렇게 되면 필경엔 구경(究竟)의 목적지인 안심입명처(安心立命處)에 이르게 되는 게지….”

스님의 말씀은 평범한 일상 주변의 용어이면서도 어쩜 그리도 어머님의 말씀보다도 더욱 깊숙이 방문객의 아린 종기의 아픔을 빨아주었는지 모른다.

상당히 둔하고 더딘 지각생 인생을 살고 있는 기자였지만 이 기회에 영원히 꺼지지 않고 타오를 수 있는 생명의 진한 불꽃을 환하니 당기고 싶어 구멍 뚫린 쓰린 가슴을 몇 번이고 흔들어보며 큰스님 가까이 다가선다.

"옛 말씀에 도를 잃으면 덕이라도 갖추어야 하고, 덕을 잃으면 인(仁)이라도 베풀 줄 알아야 하며, 인(仁)을 잃으면 의(義)라도 지킬 줄 알아야 하고, 만일 의를 잃으면 예(禮)라도 차릴 줄 알아야 한다는 말씀이 있지…. 그런데 요즘 예도 없으니 끝내는 법률학(法律學)이 나오지 않겠어. 자의(自意)에 의한 길을 걷는 나그네가 아니라, 요즘 사람은 타의(他意)에 의한 방랑자가 되고 있음을 명심해야 돼."

○ 니체의 『짜라투스트라는 이렇게 말하였다』를 읽게 되면 신과 대화를 나누는 구절이 있습니다. 짜라투스트라가 산상(山上)에 올라 신과 만나기를 원하고 기도를 드리나 신의 모습은 물론 음성마저도 들려오지 않아 짜라투스트라는 신이 죽은 걸로 생각하고 하산합니다. 하산 도중 칠흑 같은 어둠 속에서 누가 구슬피 울길래, 우는 자가 누구이며 왜 우느냐고 물었습니다. 우는 자는 신이며 배가 고파 운다는 말이었습니다.
신이 왜 배가 고프냐니까, 옛날 사람은 많은 음식을 신에게 올려 구원을 바랐으나 요즘 사람은 전자계산기만큼이나 두뇌가 활발하여 요즘 그 흔한 새우깡이나 뽀빠이 한 봉지도 올리지 않아 허기에 찬 빈혈증을 앓고 있다는 신의 대답이었습니다. 제가 만일 신을 만났으면 용돈을 아껴 '헤모구론 A'라도 한 병 사서 헌납할

걸 그랬어요. 신의 수명을 묻는 짜라투스트라에게 신이 대답하길, '인간이 이 세상에 존재할 때 신의 무리도 무수히 존재할 것이요 인간이 완전히 멸(滅)할 때 신도 멸망할 것'이라고 답하였습니다. 스님께서는 니체의 신관(神觀)을 어떻게 꾸짖을 수 있을는지요?

"어지간하군. 신은 육도윤회하는 중생류의 하나야. 집착하면 분명하고, 방하착하면 생사윤회도 없는 거야. 신안(神眼)으로는 신이 보이고 영력(靈力)으로는 영(靈)이 보이는 게야. 엇비슷이 맞춘 게로군."

○ 저는 요즘 젊은이들이 앓기를 즐겨하는 전염병 비슷한 걸 앓고 있습니다. 신도 없고 내생도 없고 부처님마저도 사탕발림 같은 느낌이 짙습니다. 마치 우는 아이 달래기 위한 달콤한 선의적 거짓말 같기도 하고, 부처님의 말씀 전체가 한갓 중생을 건지기 위한 묘한 방편 법문으로만 받아들이고 있습니다. 저의 이 굳어진 병의 껍질을 깨는 아픔을 내려주십시오.

스님께서는 대답지 않으시고 웃으신다. 껄껄껄 웃으신다. "고놈의 자식, 눈병을 앓는 게로군" 하고 웃으시는지도 모를 일이다. 순간 엷은 식은땀이 등줄기에 번진다. 큰스님의 웃음이 그만 불사문중(佛事門中)에 불사일법(不捨一法)의 방망이가 흐릿한 기자의 안계(眼界)에 화살처럼 내리꽂히고 있었음을 느꼈기 때문이다.

"옛 이야기를 하나 해줄까. 남천 스님(중국 조주 스님 후예)이 뜰에서 풀을 캐고 있는데 도학자 한 사람이 다가와 법을 묻더라는 거야. 마침 뱀이 한 마리 뜰에 지나가더래. 남천 스님께서 뱀을 가리키며 '도득즉생(道得則生, 한마디 이르면 살리고), 도불득즉사(道不得則死, 한마디 이르지 못하면 죽이겠다)'라고 했거든. 이 시원찮은 도학자가 그만 쩔쩔매자 남천 스님께서는 망설임 없이 그만 들고 있던 호미로 뱀을 죽이고 말았다는 거야. 멋스러운 대선지식이야. 대선지식의 경계에서는 죽인즉 살리고 살린즉 죽이는거야. 알겠어? 이 도리(道理)를!"

○ 외람된 말씀이오나 스님께서는 요즘도 밤에 꿈을 꾸시는지요? 성인(聖人)이나 현인(賢人)은 꿈이 없다더군요. 낮에 여자를 봐선 동(動)하지 않던 사람도 밤에는 종종 여자 만나는 꿈을 꾼다는 거예요. 스님께서는요?

"꿈을 꾸지. 삼계(三界)가 몽땅 꿈 안에 젖어드는 그런 꿈을 꾸지. 나는 성인도 현인도 아닌 범부야 범부. 하하하…."

기자의 지나친 질문에도 스님께서는 웃음으로 용서하시며 활짝 웃어주신다. 이쯤 되면 질문드릴 때 조이던 가슴도 활짝 펴질 수밖에 없는 거다. 이래서 큰스님이란 마냥 어버이처럼 좋기만 하다. 변명 없는 긍정은 어떤 의미에서는 부정일 수밖에 없을 거다.

○ 후학을 위하여 한 말씀 해주시지요. 그리고 일천육백년 한국불교사의 오랜 숙원이었던 『화엄경』의 완전 번역과 출간을 몸소 담당하신 스님께서 소감이랄지 아니면 화엄사상의 정의를 한마디로 요약하여 말씀해주셨으면 합니다.

"대인군자(大人君子)는 숨 한번 내고 쉼에 전체가 경(經)인 거야. 후학들에게 꼭 하고픈 말이 있지. 천재란 따로이 있는 게 아니야. 끈질긴 집념과 쉼 없는 노력이 모든 결과를 안겨줄 뿐이야. 이것저것을 넘겨볼 게 아니라 한 가지로 꾸준히 나아가야 돼. 집념과 젊음과 용기는 커다란 재산이요 보배거든…. 부처님의 가르치심을 생활화하는 정신이 가장 필요해. 항시 누군가를 위해 기도하고 감사드리는 마음을 가져야 해. 불자(佛子)라면 누구나!"

현세가 분명한데 왜 미래가 없어

향곡(香谷) 대선사 편

서울에서 부산과 경주로 전화를 했더니만 향곡 스님께서 경주 홍륜사에 계신다는 소식이었다. 고속버스를 타고 경주에 내렸더니만, 터미널에서 만난 어느 비구니스님이 향곡 스님께서는 오전에 부산의 월내 묘관음사로 떠나셨다는 바빠지는 말씀을 전해준다.

다시 차를 타고 묘관음사에 갔더니만, 두 시간 전에 지리산으로 떠나셨다는 또 바빠지는 말씀의 연속이다. 다시 부산으로 가서 지리산을 가기 위해 진주행 고속에 몸을 담으니, 온몸이 땀물에 젖어 해수욕이 아닌 땀수욕의 곤욕을 치를 판이다.

진주에서 1박하고 지리산 대원사에 이르는 길은 땀방울이 걷는지 향봉이가 걷는지 모를 만큼 지리산 숲이 칙칙하게 다가온다. 큰스님 뵈러 가는 길은 가까우면서도 먼 아라비아의 신기루임이 분명할 듯하다. 대원사 입구에 들어서자 향곡 스님께서 그 크신 모습으로 찾아드는 기자를 빤히 바라보신다.

○ 큰스님을 뵙기 위해 왔는데요. 저는 떠돌이 집시 같은 스님

답지 않은 천민(賤民)이에요. 크신 법문으로 저도 큰스님이 되게 해주십시오.

"하하하. 목욕이나 하지 그래. 때 벗기는 작업이 제일이지…."

○ 제 몸의 때쭉물이야 까짓것 흐르는 물로 씻으면 그만이지만 제 맘속의 때쭉물 낀 그림자를 벗겨주십시오.

"마음이 어느 곳에 있는데 때쭉물 같은 소릴하는 게야. 마음이 어디 있는 줄도 모르면서 때 낀 줄을 아는가?"
할 말이 없다. 뭔가 대답하긴 해야겠는데 스님의 눈빛이 '요놈이 가짜구나 가짜!' 하실 것만 같아 벙어리 삼룡이처럼 바보스레 웃어보였다. 스님을 모시고 법당에 들어가 3배를 드린 후, 까짓것 가짜 취급을 받더라도 철저히 가짜가 되기 위해 망설임 없이 또 다른 질문을 스님께 드려보았다.

○ 화두가 뭔지 모르겠어요.

"예전의 조사(祖師)스님들이 모르는 게 화두 아냐?"
조사스님이란 화두[公案]를 타파하여 만법(萬法)에 통달하신 분의 총칭인데, 예전의 조사스님이 모르는 게 화두라니, 향곡 스님의 대답이 바로 커다란 화두임이 명백한 일이겠다.

○ '안수정등(岸樹井藤)'의 이야기가 있지요? 성난 코끼리를 피해 우물 안으로 뻗친 등나무 줄기를 타고 내려갔는데, 밑에서 독사가 우글거리고, 매달린 등나무 줄기를 흰쥐와 검은쥐가 교대로 갉아먹고…. 큰스님께서 만일 우물 속에 갇힌 주인공이라면 어떻게 하시겠어요

"박장대소하겠어. 하하하…."
스님께서는 실제로 손뼉을 치며 뭐가 그리 좋으신지 정말 박장대소하신다. 긴박한 죽음의 공포 속에 손뼉 치며 웃으시는 대해탈자의 숨은 뜻을 알 길이 없다.

○ 스님께서는 열반에 드실 때 우시겠어요, 웃으시겠어요? 마지막으로 무슨 표정을 지으시고 이 세상을 떠나시겠어요?

"9×9=81이야."
원, 돌아가실 때 무슨 표정을 남기시겠느냐고 여쭈었더니만 9×9=81이란다. 구구단쯤은 초등학교 1학년 때 이미 외워 두었는데….
그러나 스님이 쓰신 붓글씨를 보면 뭔가 조금은 짐작되지 않나 싶다. 왜냐하면 붓글씨에 일원상을 그려놓으시고 '一 二 三 四 五'를 쓰셨기 때문이다. 7×7=49이고, 9×9=81이며, '가갸 거겨' 다음엔 '고교 구규'이기 때문이다.

○ 제가 죽은 뒤에는 뭐가 될는지 몹시 몸살 나도록 궁금한데요. 스님께서는요?

"항시 그대로야. 산시산(山是山)이요 수시수(水是水)인데…."

○ 어떤 것이 불법입니까?

"창천(蒼天)이야 창천!"

창천이란 지극히 슬프고 슬프다는 불교의 술어이다.

○ 육도윤회를 저는 절대로 믿지 않는데요. 스님께서도 저와 생각이 같으시죠?

"하하하. 요런 생짜배기 보았나. 육도윤회는 실제로 있는 게야. 현세가 분명한데 왜 과거나 미래가 없겠어."

○ 방편으로 신도를 대하듯 말씀하시고 진법문(眞法門)을 해주십시오. 귀신 따위는 저는 절대로 믿지 않아요. 귀신이란 인간의 사생아이며 사람이 귀신을 상상해 모양을 그리고 이름을 붙였으며 그 그린 우상 밑에 쩔쩔매는 꼴이 우스워요.

"그래도 제법 똑똑한 척하는군. 그래도 십만팔천리야, 십만팔천리….”

○ 스님께서 붓글씨를 꼭 써주셔야 합니다. 만일 자꾸 거절하시면 해인사 방장스님께 떼 쓴 것처럼 종일이라도 스님 괴롭힐 거예요. 일원상도 좋고 '부처 불(佛)'자도 좋아요.

“부처하고는 원수인데 뭘. 하하하….”

스님께서는 온몸으로 웃으시며 기자의 손목을 잡아주신다. 이심전심으로 통하는 스님의 따스하신 법음이 기자의 몸에 그림자처럼 따라다니는 여름 더위를 깨끗이 털어주신다. 이래서 큰스님 뵙는 일은 즐겁고 진정 시원스러운 기쁜 작업이 아닐 수 없다. 스님께서 불러주신 게송을 여기에 참고로 담아놓는다. 이 게송에 독자들의 마음까지 환히 밝아지기 바라는 마음 간절하다.

위음라변진일보(威音那邊進一步)
산명수려세월장(山明秀麗歲月長)

〈향곡 스님께서는 79년 봄에 이 세상에서
마지막 그림자를 거두시고 열반에 드셨음.〉

관용을 베푸는 자 용서 받아

향봉(香峰) 대선사 편

"수자는 어느 도량에서 왔는고?"

찾아간 기자의 모습이 스님이고 보니 서울 공기에 염색된 원색(原色)의 속물인 줄을 모르시고 선상(禪床)에 앉으신 채 묻는 말씀이다. 이럴 땐 눈 딱 감고 기자임을 숨겨야만 됨은 이미 '염화실 탐방'에서 여러 번 경험해온 바다.

"그래 노병객(老病客)한테 뭐 배울 게 있겠어? 30 전에 얻은 상기를 지금까지 지니고 있는 노병객일세."

방한암 스님을 모시고 금강산 여려원에서부터 비롯된 상기가 요즘까지 따라다닌다는 말씀이었다.

그래도 괜히 노병객임을 강조하시기 위한 말씀으로 받아들여진다. 왜냐하면 스님의 얼굴은 더할 수 없는 동안(童顔)이요, 눈빛의 맑음은 3세 아이의 동공이나 다를 바 없었기 때문이다.

조금치의 괴로움의 그림자도 엿볼 수 없는 모습이었다.

○ 스님! 화두의 어려운 의미를 한마디로 요약해 알려주세요.

저는 화두가 뭔지 도무지 알 수 없어요.

"화두란 의심이야. 알음아리에서 생기는 가벼운 의심이 아니라 생명의 불꽃처럼 커다란 의심이야. 수자는 어느 도량에서 왔는고?" 하고 물었을 때 대답할 줄 알면 화두일 줄이야!

○ 어떤 것이 불법(佛法)입니까?

"네 편에서 화두해야 돼."

간단명료하다. 망설임과 어둠의 찌꺼기 따윈 찾아볼 수 없는 거다. 이미 10년 전에 『수양(修養)의 공화(恭話)』란 법어집을 큰스님의 문도회에서 발간한 바 있으므로 참고로 적어둔다.

○ 조사 어록에 보면 1,700공안의 화두가 있다는데요. 화두란 생명의 문을 여는 열쇠겠지요? 튼튼한 열쇠 하나만 있음 1,700개의 닫힌 문이 일시에 열릴 수 있는지요?

"일통일체통(一通一切通)이지."

기자의 질문은 지루하고 복잡하나 큰스님은 간단 명확하다.

○ 늙으면 누구나 어린애처럼 욕심도 많고 죽음이 두렵다는데요. 스님께서는요?

"두렵지 않아. 조금도 두렵지 않아."

○ 혹시 거짓말이 아닙니까? 이 아름다운 산천의 좋은 벗들을 이 세상에 남겨두고 홀로 떠나가는 아픔이 왜 없겠습니까? 저는 이 세상이 너무나 아름다워 죽을 때 한참 힘들 것 같습니다.

"죽는 연습을 해본 게로군. 죽음에 대한 공포는 삶에 대한 미련 때문이야. 그림자 거둘 준비는 다 되어 있어. 빈말 아니야! 하하하."

기자도 큰스님을 따라 웃으며 스님이 어찌나 좋아지는지 큰스님의 손을 만져보고 싶다 했다. 손을 내밀어주시며 만져보라신다.

○ 스님께서 돌아가시면(열반을 뜻함) 어디로 가시나요?

"돌아가면 돌아오겠지! 하하하."

어느 질문을 드려도 돌멩이를 한강에 던지는 격이다. 깊이와 넓이를 도무지 알 길이 없다.

○ 큰스님께서 생명의 실체를 보여주십시오.

스님께서는 미소를 띄우신 채 손가락을 스님의 이마에 댄다.

번갯불 같은 대답이 아닐 수 없다. 그래도 기자는 이럴 때일수록 멍청이가 되어 어린애처럼 질문하는 거다.

○ 저처럼 젊었을 때 여자나 술 생각은 없으셨나요? 저는 요즘도 이쁜 여자 보면 손을 한번쯤 만져주고 싶어져요.

"젊어서는 주색(酒色)엔 등한시했어. 싱겁다는 말을 듣곤 했지. 스님이라면 누구나 계戒)를 철저히 지켜야 돼. 계행(戒行)이 없으면 중이 아니지. 무상대도(無上大道)를 끝마치기 전엔 꾸준히 정진해야 돼."

○ 만일 제가 절벽 위에서 큰스님을 벼랑 밑으로 밀쳐버리며 '한마디 일러주십시오' 하면, 뭐라고 하시겠어요?

"'아이구 나 죽는다' 하겠지."
이 얼마나 기막히도록 시원스러운 청량법문이랴?

○ 큰스님께서도 미운 사람과 고운 사람이 따로이 있나요?

"응 있어. 불자(佛子) 도리 하면 예쁘고, 딴짓 하면 미워."

○ 저는 매우 성격이 급하고 못된 짓만 골라서 하는 편인데요.

급한 성질이 가라앉는 약을 좀 주십시오.

"나도 마찬가진 걸. 직설을 너무 즐겨 용서할 줄 몰랐으니까. 그러나 관용을 베풀 줄 아는 자만이 타인으로부터 용서를 받을 수 있는 거야. 부처님 법문에 이런 게 있어.
거문고를 탈 때엔 줄이 너무 늘어져도 안 되고 너무 조여도 소리가 고르지 않다는 게야. 아름다운 소리를 내기 위해선 중도(中道)가 제일이야."

○ 스님께 용서 빌 게 있는데요. 제 이름도 큰스님의 존함을 닮아 한자까지 똑같아요. 성이 다르긴 해도 너무 죄송스러워 한글로만 쓰고 있어요.

"동명(同名) 동호(同好) 대자대비 관세음보살이지! 그래. 그러고 보니 불교신문사의 스님이군 그래. 하하하."

티 없이 활짝 웃으시는 스님께서는 한 생각을 이미 오래 전에 집어두신 듯 소요자재함의 무아경(無我境)에 노니시는 듯한 탈속하신 모습이다. 끝으로 큰스님의 게송 한 구절을 여기에 옮겨 놓는다.

고불전생 대기하(古佛前生 大機何)

심심자문 기회다(心心自問 幾回多)

묵연량구 간성효(黙然良久 看星曉)

독보정중 방일가(獨步庭中 放一歌)

이 자리에서 완성하고 떠나야지

혜암(惠菴) 대선사 편

"법은 본래 이름이 없는 까닭으로 말로써 이를 표현할 수가 없고, 모양이 없는 까닭으로 마음으로 헤아릴 수도 없는 것이어서 무엇이라고 말을 하려 한다면 벌써 근본 마음자리를 잃게 되는 게야."

노사(老師)는 법이론적변증(法理論的辨證)이나 사념적추리(思念的推理)가 끊어진 자리라야만이 그 본체가 실답게 전심(傳心)된다는 것을 주장한다.

"마음자리를 잃게 되었을 때 '너는 법을 어떻게 한마디 이르려는가' 하고 자문해보는 것이야. 이때 내 딱 한마디 이를 게 있지. '하일계명(夏日鷄鳴)'이라는 자답 말이야."

노사는 구순(九句)의 연치를 헤아리지 못하도록, 그 음향(音香)이 맑았으며 음파(音波)가 고창(高暢)했다.

○ 노사께서는 범아일여(梵我一如)의 결정(結晶)을 체득하시기 위해 78년 동안 장고(長考)를 해나오셨는데, 후예들에게 그 섬광을 던져주실 주문(主文)은 어디에 두셨는지요?

"네가 오기 전에 이미 그대들의 마음 속에 선연한 섬광이 돌고 있어, 따로 그 주문을 비롯할 필요가 뭐 있겠는가."

노사는 카랑카랑한 음성으로 말했다.

○ 인생을 하나의 여로로 보고 유흥하듯 살고 있는 경향이 짙으며, 오늘의 세태가 점점 법음과는 멀리멀리 헤어져가고 있는 모양 꼴인데요. 노사께서는 생명을 연습할 수 있는 것이라고 보시는지요?

"회초리를 맞아야 하겠구만. 마음 찾는 공부에 동한시하다 보면 그런 허튼 데에 정신을 쓰게 되는 게야. 이 생명은 연습으로 와진 게 아냐. 이 자리에서 완성하고 떠나지 않는다면 다시는 기회가 없는 게야. 어떻게든 여기서 죄다 이루고 난 후라야 되는 게야. 그건 끓는 쇠를 재련해서 강철을 뽑아내듯, 자꾸 달구고 불순물을 뽑아내서 진수(眞髓)만으로 결정체를 이루어야 하는 게야. 이루지 못한 생명은 부초처럼 이리저리 부유하고 다니다 생애 하나를 길바닥에 뿌려버리고 빈손만 터는 거야."

○ 모든 생명이 돌아갈 날 돌아가는 것은 의연한 법해(法海)에의 귀환이리라 여겨지는데요. 노사께서는 생명의 종장을 앞에 하시고 한 올 경련이 없으신지요?

"미남산운기시(未南山雲起時) 북산임하우(北山臨下雨)."

노사는 탐방자의 귓전이 부르트도록 일갈을 주었다.

○ 어떤 일이나 그 시원을 흔드는 것은 동기인데요. 노사께시 법해에 드신 동기를(처음이되겠습니다만) 들려주셨으면 합니다만….

"무풍기랑(無風起浪)이야. 우리의 생명 하나는 대원만(大圓滿)이라는 한 그릇 안의 작은 파도인 게야. 꼭 바람이 있어야만 이 파도가 이나? 그렇진 않지? 바람이 일지 않아도 파도는 일고 있는 게야. '나'라는 혹은 '너'라는 파도는 결국 한 법신(法身)에서 바람 없이도 일어난 게야. 동기를 굳이 물으니까 하는 얘긴데, 그것은 내 안에 법성(法性)이 내재해 있는 까닭이야."

○ 노사께 속세의 얘기를 여쭈어서 죄스럽습니다만 사람들이 사는 생활이라는 것도 결국은 관계연습처럼 느껴지는데요. 이 관계를 원만하게 이끌어나갈 어떤 묘책 같은 것이 있을는지요?

"뜨거운 불에 눈[雪] 한 점인 게야."

탐방자는 더 물을 수가 없었다. 뜨거운 불에 눈 한 점이라는 노사의 답을 쉬이 들을 수가 없었기 때문이었다.

노사는 일상성을 께뜨린 지 오랜 듯했고, 탐방자는 일상의 때에 절은 몸이니 이목(耳目)은 비슷한 사람의 그것이로되 전혀 그 호흡과 교감의 세계가 다른지라. 눈이 있어도 보지 못하고 귀가 있어도 듣지 못하는 결과였다.

임종이 생명의 앞을 막고 나설 때 그것을 맞는 사람이 허탈(虛脫)에 대해 "이 남산에 구름이 일어나지 않고 있을 때 북산에는 이미 비가 내렸다"고 한 노사의 말이 낙처(落處)가 어디인지 분간할 수 없는 위인이고 보면, '염화실 탐방'을 다시는 나설 수 없을 듯 노사는 부끄러움을 감추지 못해 전전긍긍하는 탐방자를 부드러운 눈길로 위로해주며 조심히 가라는 말을 주시고 자리를 옮겨 앉았다.

여름날의 무더위를 씻듯 한 줄기 소나기 같은 청음(晴音)을 뇌리에 천착하여 발길을 돌리는 탐방자의 가슴은 모처럼 세진으로부터 뛰쳐오르는 듯한 경쾌로 가득했다.

일몰 직전의 땅거미를 밟으며 부랴부랴 귀로를 향해 노사의 선실(禪室)을 뒤로했다.

사랑하며 용서하며

1979년 4월 20일 초판 1쇄 발행
1991년 10월 10일 개정증보판 1쇄 발행
2024년 5월 14일 개정복간판 1쇄 발행

지은이 향봉
발행인 박상근(至弘) • 편집인 류지호 • 편집이사 양동민
편집 김재호, 양민호, 김소영, 최호승, 하다해, 정유리 • 디자인 쿠담디자인
제작 김명환 • 마케팅 김대현, 김선주, 이선호 • 관리 윤정안
콘텐츠국 유권준, 정승채, 김희준
펴낸 곳 불광출판사 (03169) 서울시 종로구 사직로10길 17 인왕빌딩 301호
대표전화 02) 420-3200 편집부 02) 420-3300 팩시밀리 02) 420-3400
출판등록 제300-2009-130호(1979. 10. 10.)

ISBN 979-11-93454-94-7 (03810)

값 17,000원

잘못된 책은 구입하신 서점에서 바꾸어 드립니다.
독자의 의견을 기다립니다. www.bulkwang.co.kr
불광출판사는 (주)불광미디어의 단행본 브랜드입니다.